新时代

聊城市“中国梦 · 新时代”百姓宣讲比赛选萃

任银平　葛海燕 | 主编

中国文联出版社

图书在版编目（CIP）数据

新时代：聊城市“中国梦·新时代”百姓宣讲比赛选萃 / 任银平，葛海燕主编．-- 北京：中国文联出版社，2021.11（2024.6 重印）

ISBN 978-7-5190-4738-2

Ⅰ.①新… Ⅱ.①任…②葛… Ⅲ.①文艺—作品综合集—中国—当代 Ⅳ.①I217.1

中国版本图书馆 CIP 数据核字（2021）第 232547 号

主　　编　任银平　葛海燕
责任编辑　王　斐
责任校对　少　鹏
装帧设计　中联华文

出版发行　中国文联出版社有限公司
地　　址　北京市朝阳区农展馆南里 10 号　　邮编　100125
电　　话　010-85923025（发行部）　　85923091（总编室）
经　　销　全国新华书店等
印　　刷　三河市华东印刷有限公司

开　　本　710 毫米×1000 毫米　1/16
印　　张　14
字　　数　175 千字
版　　次　2024 年 6 月第 1 版第 2 次印刷
定　　价　78.00 元

编委会

主　编：任银平　葛海燕

副主编：张秋侠　杨士武　周　政　郑方云

编　辑：陈　平　周燕燕　李文展　王　乐

冯　丽

聊城市“提高情感认同百姓宣讲”骨干培训班

聊城市“中国梦·新时代”百姓宣讲比赛现场

聊城市“中国梦·新时代”百姓宣讲比赛颁奖现场

聊城市“中国梦·新时代”百姓宣讲比赛颁奖现场

聊城市“中国梦·新时代”百姓宣讲比赛颁奖现场

聊城市“中国梦·新时代”百姓宣讲比赛合影

聊城市“中国梦·新时代”百姓巡回宣讲团合影

聊城市“中国梦·新时代”百姓巡回宣讲走进东昌府区

聊城市“中国梦·新时代”百姓巡回宣讲走进临清市

聊城市“中国梦·新时代”百姓巡回宣讲走进冠县

聊城市“中国梦·新时代”百姓巡回宣讲走进莘县

聊城市“中国梦·新时代”百姓巡回宣讲走进阳谷县

聊城市“中国梦·新时代”百姓巡回宣讲走进东阿县

聊城市“中国梦·新时代”百姓巡回宣讲走进茌平县

聊城市“中国梦·新时代”百姓巡回宣讲走进高唐县

聊城市“中国梦·新时代”百姓巡回宣讲走进聊城开发区

聊城市“中国梦·新时代”百姓巡回宣讲走进聊城高新区

聊城市“中国梦·新时代”百姓巡回宣讲走进聊城旅游度假区

前　言

为推动学习贯彻习近平新时代中国特色社会主义思想和党的十九大精神往深里走，往实里走，往心里走，进一步增强广大干部群众对习近平新时代中国特色社会主义思想的政治认同、思想认同、情感认同，按照省委宣传部、省委讲师团的安排部署，从2018年4月起，聊城市委宣传部、市委讲师团组织开展了以“中国梦·新时代”为主题的百姓宣讲活动。

活动开展以来，全市各级各部门高度重视，广泛动员，精心组织，举办了近百场初赛，有千余名选手参赛，取得了良好的社会反响。7月31日至8月1日，举办了聊城市“中国梦·新时代”百姓宣讲决赛。经评委评议，在故事类、曲艺类、视频类共71个参赛作品中，评选出一等奖5个、二等奖6个、三等奖9个、优秀奖51个；评选出优秀组织工作奖19个。在层层选拔和全市比赛的基础上，组建了聊城市“中国梦·新时代”百姓巡回宣讲团，深入县（市区）、市属开发区机关、学校、企业、农村、社区、新时代文明实践中心等基层单位开展宣讲。县（市区）、市属开发区也组织了“中国梦·新时代”百姓巡回宣讲团，深入乡镇、县直单位进行宣讲。百姓宣讲员们通过真实鲜活的事例、典型生动的故事和真实感人的事迹，讲述了改革开放40多年来特别是进入新时代以来经济社会的发展成就、人民群众的生活变化，以及基层干部群众的获得感、幸福感、自豪感，充分展示了全市广大干部群众为实现全面小康社会、撸起袖子加油干的昂扬斗志和精神风貌。

这次百姓宣讲活动呈现出独有的特色。一是层层发动，参与范围更广。百姓宣讲员中，既有激情唱响新时代新气象的非物质文化传承人，又有真情演绎新农村新生活的“00后”少年，既有人人敬重的道德模范，又有默默奉献的基层职工，既有有温度的好医生，又有三尺讲台写春秋的人民教师……他们宣扬正能量，弘扬真善美，可谓“聚是一团火，散是满天星”。二是精心培训，宣讲水平更高。7月30日，举办了全市“提高情感认同百姓宣讲”骨干培训班，老一代优秀百姓宣讲员通过现场宣讲展示和经验介绍，为新一代宣讲员在宣讲方法和技巧上提供了范例；8月19日，召开了聊城市“中国梦·新时代”百姓巡回宣讲预备会议，参加巡回宣讲的宣讲员逐个进行试讲，确保感情真诚、表达生动、宣讲到位；市委讲师团每月举办一期百姓宣讲课堂，为宣讲员素质的提升搭建了良好平台。三是创新思维，传播影响更大。各地积极探索运用“互联网+思维”提升宣讲影响力，采取新华云直播等新媒体形式，使宣讲受众大大扩展。活动的宣传报道也充分发挥网站、微信等新媒体作用，信息报道跟进及时、形式灵活多样，营造了良好的宣讲氛围。

征程万里风正劲，怀揣梦想再出发。为不断扩大百姓宣讲的覆盖面和影响力，更好地发挥百姓宣讲的品牌优势，现将参加聊城市“中国梦·新时代”百姓宣讲比赛的部分宣讲员讲述的故事结集出版，为基层宣讲提供参考。

由于时间仓促，编辑出版过程中难免有不足和疏漏之处，恳请读者批评指正。

编　者

2018年11月

目 录

CONTENTS

CONTENTS

CONTENTS

第三辑　视频篇

第一辑　故事篇

“三进”大会堂

东昌府区检察院　念以新

一滴水，只有融入大海，才能永不干涸，一个人，只有追随时代，才能成就梦想。在习近平新时代中国特色社会主义思想的指引下，我心念百姓，为民谋福，实现了自己的人生价值，也圆了我心中一个又一个梦想。

我是 1989 年参加工作的，一进检察院就和英模白云在一起，他手把手教我怎么办案子，教我怎么听领导的话，教我怎么和老百姓打交道。

1998 年 10 月 28 日，白云同志当选为“中国十大杰出检察官”，我很荣幸地陪他到人民大会堂去领奖。看到那个隆重的颁奖场面，让我羡慕不已！当时，我就想，我要是也能和白云那样，在人民大会堂领奖，该有多好啊！从那以后，当先进，当模范，当一名白云式的模范检察官，就成了我干检察工作最大的梦想。

梦想，不是做梦就能实现的，得干！实干才能成就梦想。为了实现当白云式模范检察官的梦想，我拼了命地干工作。2003 年 11 月 8 日，白云热线开通以后，我十五年如一日，坚守在信访工作第一线，把浑身的劲儿都用在了服务人民上。在和老百姓打交道的过程中，我摸索出了“心要热，脑要灵，脸要笑，嘴要甜，耳要听，手要握，身要平，腿要勤”的八要工作法，真心实意为老百姓排忧解难。

文锦苑小区有个叫小段的孩子，到了上初中的年龄，可附近的学校却以小段是残疾人拒收其入学。无奈之下，小段的妈妈求助白云热线。残疾的孩子也有受教育的权利啊！我们找到教育局，最终协调小段到聊城七中上了中学。从那以后，我们经常对小段进行帮扶。有一次，我给小段买了件羽绒服，他说，穿上大爷的羽绒服，暖在身上，热在心里。

临清有个叫杨凤荣的，多次给我打电话，咨询她母亲交通事故受伤的事，白天打了晚上打，她怕我嫌烦，往我的手机里充了 100 块钱的电话费。给群众服务，咱不能嫌烦，更不能要人家的电话费。第二天，我跑到联通公司，往杨凤荣的电话里充了 100 块钱的电话费，来了个“你来我往”。

我这个人最大的特点就是听话，小的时候听父母的话，上学的时候听老师的话，上班的时候听领导的话，出门的时候听导航的话，时时刻刻都听党的话。党就是我的引路人，党就是我人生路上的导航。我是 1995 年 4 月 26 日加入中国共产党的，从那以后，我一年四季都姓党，做党的人，听党的话，办党的事。我现在主要干三件事：单位上干公务勤勉敬业，回到家做家务孝老爱亲，社会上尽义务奉献爱心。我加入了“蒲公英”“义工联”“春雨助学”“水滴善行”等 7 个公益组织，资助过 19 个困难家庭。我献过 6 次血，2014 年 2 月，我捐献了 290 毫升造血干细胞，挽救了一名 15 岁白血病小姑娘的生命。小姑娘的父亲送给我一床被子，他在信中说：“祝好心人一辈子幸福快乐！”

上班 29 年了，我只是做了自己应该做的一些事，党和人民却给了我很多很高的荣誉，56 次立功受奖。2015 年 4 月 28 日，我当选为全国先进工作者，第二次走进了人民大会堂，当我接过沉甸甸的奖章的时候，心情无比自豪，当一名白云式的模范检察官的梦想，终于实现了。但那次没能受到总书记的接见，没能和总书记合影，让我感到些许遗憾。

回到自己的岗位，我发挥党员和劳模的表率作用，坚持以人民为中心的理念，撸起袖子加油干，盼望着获得更高的荣誉，梦想着有朝一日能和总书记合影。机会总是留给有准备的人。2017 年 9 月 19 日，我被授予“全国社会治安综合治理先进工作者”，第三次走进人民大会堂。当习近平总书记走到我面前的时候，我紧紧握住习近平总书记的手，激动地说：“习近平总书记好！今天，是我这一辈子最幸福的时刻。”合影的时候，我就站在习近平总书记身后，感到无上光荣和自豪！有人说我是习近平总书记身边的人，我说，紧密团结在以习近平同志为核心的党中央周围，咱！都是习近平总书记身边的人。

我这一辈子有三个没想到，没想到跟着白云，成了白云；没想到血液配型成功，救了一人；没想到三进大会堂，见到了伟人。有人问我，当白云式模范检察官的梦想实现了，和习近平总书记同框的梦想也实现了，你还有什么梦想啊？我说，荣誉高，心不飘。为新时代党的事业增光添彩，为实现中国梦再立新功，是我坚定不移的理想和信念。

为了乡亲们的信任

东昌府区道口铺街道仙庄村　孙乐文

我叫孙乐文，是东昌府区道口铺街道仙庄村党支部书记、村委会主任。我们仙庄村地处西外环路，紧靠市区，全村490多户人家，有1396人，党员33名。党的十九大以来，以习近平同志为核心的党中央立时代潮头，发思想先声，不忘初心、砥砺奋进。我作为一名农村党支部书记，在乡村振兴的大道上，带领群众勤劳致富奔小康，责无旁贷，义无反顾。

有句话说得好，自己不致富，不配当干部；不能领着富，不是好干部。为了带领大家致富，我于1993年建起了村里第一个工厂，主要生产铜板、铝板。由于坚持高标准生产，产品质量过硬，企业效益十分可观。淘得第一桶金后，又于1999年建起了鲁光机械配件厂，主要生产汽车轮圈和压圈。

个人富不叫富，大家富才是富。为了调动大家创业的积极性，我帮他们跑门路、看市场，关键时候都是千叮咛万嘱咐，一不能贪大求洋，二不能盲目效仿。经过努力，现在我们村里已经拥有两家有色金属加工厂、两家商贸公司、三家制衣厂、三家塑料厂，多数企业都是当年上马，当年盈利。通过招商引资引进的正大检测线也已经投入使用。投资过亿元的聊工集团项目即将破土动工。西关街西延工程和棚户区改造项目的征地拆迁工作已经完成，施工正在顺利进行。经过努力争取到的国家投资近 5000 万元的新城小学项目，主体工程已接近尾声，9 月份投入使用。

大河无水小河干。在带领群众致富的同时，我还注重搞好集体经济，以惠及弱势群体，投资公益事业，让广大村民共同受益，共同感受发展集体经济带来的实惠。

几年来，我村以市城区“五环工程”、西关街西延工程和棚户区改造等重点项目为契机，采用整合、租赁和转让的办法，合理利用边角地。今年集体经济总量有望突破百万元大关。我村已经连续几年减免了村民的卫生管理费，去年又投资 20 多万元，把全村 80 多眼机井铺设了电缆，标准之高，超出想象。既节省了农业投入成本，又提高了用电安全系数。

为人民服务是党的宗旨，群众的难事就是我的心事。有一年，里村发生车祸，肇事车辆逃逸。为了尽快找到肇事者，我既要到交警部门帮助取证，还要安排人帮助寻找肇事车辆。经过近一个月的努力，终于协助交警队将肇事者抓获。这种事帮着处理得多了，还被交管部门聘为“交通事故处理明白人”，去年一年经过我处理的周边村大小交通事故就有 47 起。

就在车祸发生的那一天，我的孩子在修理大型液压机时出了状况，液压油突然喷了出来，幸亏孩子下意识地用胳膊挡了一下脸，不然后果不可想象。那台 500 吨的压力机，喷出来的油冲击力很大，不仅把孩子遮挡的衣袖打烂，还伤到了孩子的眼睛，情况十分危急，随即送进了医院。家里人哭着打电话，让我抓紧去医院。可当时事故处理刚刚开始，很多头绪需要认真梳理，当事者一家因无法接受现实，哭得死去活来，我实在离不开。那次，孩子在医院住了半个月多，我只去了两趟。看着脸上缠着纱布、躺在病床上的孩子，心里满是愧疚。

这些年，村里不管大事小情，庄乡爷们有了难处第一个想到的就是给我打电话。不管白天黑夜，村民得了急病，几乎都是我开着自己的车，把他们送到市区各大医院。因此，村里还给我编了顺口溜，“家里有事找乐文，带车带钱带着人”。为什么会这样呢？那是因为我有着一个共产党员为人民服务的情怀。

你对老少爷们好，他们就会永远想着你。2013 年 10 月，为了配合“五环工程”建设，我带头拆掉自己厂房 5000 多平方米、住房 700 多平方米，毁掉了刚刚投资 730 多万元的一条生产线。在我的带动下，我村需要征收的 120 多户房屋，都顺利得已拆迁。

拆迁那天，我跟着挖掘机跑前跑后，生怕墙歪树倒砸到村民。这一忙不要紧，就把自己登记房号的事给忘得一干二净。当时是拆一户登记一户，拆除报号顺序就是选房顺序，等拆迁办负责登记的同志告诉我时，已经到了 80 多号了。房子最先拆又没有弄上好房号，回到家虽挨了一通埋怨，但我内心无悔。

在我村拆迁的两个多月的时间里，我的住房全部被拆，我经常忙得不着家，母亲时常偷偷给我打电话让我回家里吃顿饭，可我村是第一次拆迁，全部工作都没有一点经验，甚至我连吃饭的时间都在琢磨着下一步怎么干，哪有空回家吃饭呢。父亲性情耿直，一听到母亲给我打电话就骂着说：“别给他打电话，当个小小的村官有什么了不起的，80 多岁的爹娘见他一面都成事了。”后来弟弟把这话告诉我时，我眼泪直打转，心里真不是滋味。

还记得那天是 2013 年 10 月 25 日，根据安排，这一天按登记的顺序选房，一切工作都在顺利进行着，突然有个村民站了起来说：“孙书记，有个事今天你要不答应，这个会就白开。”我一听吓了一跳，房子都拆完了，还能有什么事啊，可别再出什么岔子。可他说："你的房子最先拆，是为我们操心耽误了报号，所以你拆的三处院子当中必须有一处第一个选房。"接着他在会场喊了一句："老少爷们要是同意我的说法的就举举手。"结果会议室里的乡亲把手都举了起来。

我被这一幕惊呆了。这种场景我只在电视或电影里见过，没想到能发生在自己身上。这是群众对一名共产党员最高的认可，也让我信念更加坚定：为百姓服务，再苦再累也值。

用本分注解高尚

东昌府区中医院　韩晓辉

那是在我大学第一堂中医基础课上，我校老中医张珍玉老先生在黑板上郑重地写下了八个字：“医乃仁术，自我为之。”对于这八个字，他只用他那浓重的胶东口音解释了一句：“既然大家选择了中医这条路，那就要做好一辈子受穷的准备。”可惜，那时候的我并不懂这句话的意思，也无法明白老先生的用意。我心里充满了疑惑，医生是一个高尚的职业，怎么能一辈子受穷的呢？遗憾的是，2003 年的春天，老先生永远地离开了我们，再也没有人来为我解惑，我只好自己去寻找答案。

后来，我来到现在工作的医院。那时的我意气风发，怀揣着满腔的理想，寻找这个行业的高尚。我通过寻一些高尚的人和高尚的事，来诠释我对“高尚”这个词的理解。当我看到所有医护人员的电话要 24 小时开机、随叫随到、根本没有节假日的时候，我认为这是高尚的；当我看到病房的患者每天住到加床、一个医护人员要承担几个人的工作量却没有时间陪伴家人的时候，我以为这是高尚的；当我看到护士们，在家中被像小公主一样地呵护，却为患者擦屎擦尿、洗头洗脚，且任劳任怨，不皱一丝眉头，我认为这是高尚的；当我看到医生们面对“医闹”的肆意谩骂、羞辱，甚至刀架在脖子上，却还能淡定地为病人缝合伤口的时候，我认为这是高尚的。

甚至，我曾经一度觉得，我也是他们当中高尚的一员。在医院二甲评审的关键时期，因为工作的需要，我必须要离开躺在病床上、身患白血病、身体极度虚弱的父亲。但我站在床前却不知道该怎么向父亲张口。父亲看出了我的纠结，他笑着说：“咱爷俩这些年在一起的日子，都没有这两个月朝夕相处的时间长，当爹的知足了，你去吧！”我家离医院有 500 里地，在回单位的路上对父亲的牵挂不断撕扯着我的心。在我回来的第六天，父亲走了，我甚至都没来得及跟他说上最后一句话。当我握着父亲冰冷的手跪在地上号啕大哭的时候，我用“忠孝不能两全”来安慰自己。那一刻，我不是个孝子，但我自以为，我也是高尚的。可是最后，我发现，我错了，因为，当我跟身边的同事谈起“高尚”这个词时，他们都会指着我说：“你小子想得太多了，我们现在所做的一切，都仅仅是尽到了一个医生的本分！”

本分，一个久违了的词，却在那一刻让我顿悟了。曾经我们以为，一个忠于职守、兢兢业业的警察是高尚的；一个诲人不倦、桃李满园的教师是高尚的；一个治病救人、不求回报的医生是高尚的。但我们可曾想过，当我们做到这一切的时候，只是尽到了本分。因为我们本就应该这样做！就像习近平总书记 2018 年 4 月 26 日在安徽合肥的讲话中说的那样，“当老师，就要心无旁骛，甘守三尺讲台，‘春蚕到死丝方尽，蜡炬成灰泪始干’。做研究，就要甘于寂寞，或是皓首穷经，或是扎根实验室，‘板凳要坐十年冷，文章不写一句空’”。同样，当医生就应该做到神仙手眼、菩萨心肠，因为，这就是我们工作的一部分！

记得一位哲人曾经这样说：一个人可能非常不在乎富贵、名誉，但事实上，他心里却非常在乎“不在乎富贵、名誉”这一个事实，这正是人心中最微妙复杂的东西，却也是最不容易被自己觉察和消除。听起来很拗口，但说白了，就一句话：当我们觉得自己高尚的时候，我们就已经不那么高尚了。

这让我想起了费伯雄的一句话：天下无神奇之法，只有平淡之法，平淡之极，乃为神奇。突然，我明白了张珍玉老先生那句话的意思：医生，就要时刻准备为病人付出一切，不管什么时候，都要淡然地面对所有的赞誉、表扬、非议、责难。任何一个行业都是如此，“看似寻常最奇崛，成如容易却艰辛”！

也许，作为一名医生，我做不到出类拔萃。但是，作为一名党员，我却希望能在医生这个岗位上做到无怨无悔。所以我不去追寻那所谓的高尚，首先要做到的是不忘初心、坚守本分。就像习近平总书记要求的那样，不要考虑什么是优秀，先“做一名合格的党员”！当你的一切都合格了，你就会发现，曾经刻意寻找的高尚和优秀，我们，已经做到了！

革故更新　不负新时代

临清市八岔路镇路庄小学　闫玉波

我是一个农村小学校长，今天我给大家分享的是，新时代背景下，我在农村校园里的历历往事。

三年前，我任职临清市八岔路镇路庄小学校长，开始工作就是信心百倍地号召全校师生发动学生家长，实施“师生共读亲子伴读”阅读活动，这样做的初衷就是想让农村教育改变农村生活、让农村生活融入农村教育。在教师代表动员会上，还没等我把初步设想介绍完，有着多年教学经验的于老师突然站起身，他抖动着嘴唇看似平淡、其实内心已经大起波澜。他义愤填膺地说：“校长，我教了30年的书了，教学成绩大家都有目共睹！你现在让我们压缩讲课时间、腾出时间来读这些闲书，学生的成绩怎么保证，学生家长我们怎么交代？还让我们去发动家长陪孩子一起读书，他们能陪孩子写完作业我们就谢天谢地了！再说，买书是需要花钱的，家长怎么想咱们学校和老师？”当时的气氛几乎凝滞了，老师们把惊讶的目光投向他又转向了我。

看着这位平时不善言谈的老教师一口气说了这么多话，我当时真的是心里一颤，这一颤不是退缩，而是警醒！我知道于老师是站在大局考虑，的确教学成绩是一个学校的生命。可教育不是顺从，不是适应，而是影响，是启迪，是改善！如果这种唯课本论和唯分数论再主导农村教育的话，农村孩子就真的要输在人生起跑线上了！我感谢于老师的直言不讳，也感谢他的这盆冷水，泼醒了我对现实工作的理想化。老师这关都没突破，要想得到学生家长的认可就更难了。会议开得是有些失败，可我的教育理念真要在襁褓中夭折吗？不，越是这样，我就越应该迎难而上。改变保守的农村教育，就应从改变保守的教育观念开始！

当天下午，我主动去找于老师，还没等我开口，于老师就惭愧地说，他不该让我当众难堪。其实，我倒没觉得难堪，只是感到担忧。我说：“于老师，您平时有没有关注过高考改革方向？”他回给我的眼神告诉我，我一个小学老师，关注这些未必太远了。我和他促膝长谈，当我说到“高考命题方式正在进行改革，阅读面涉及哲学、历史、科技等方方面面。现在阅读的要求远远高出了语文教学的水平”时，于老师恍然大悟，当天晚上他写下了《但愿我没耽误孩子们》这篇文章。文中写道：“对学校而言，一个学生，是百分之一、千分之一；对一个家庭而言，一个学生却是百分之百，是全部的期待！庄稼毁了可以再种，东西丢了可以再买，可人生没有轮回，孩子的未来就掌握在我们的手中。作为老师和家长千万不要因为自己的一意孤行误了孩子一生。”这段话道出了老师的真情，道出家长的心声。感动了我，感动了校园，也感动了每一个家长。

现在，我们学校每个教室都有一个长达 6 米的图书橱柜，三年来，课堂压缩教学整合取得了显著成效，“全民阅读工程”开展得如火如荼。孩子们的成绩非但没有下滑，反而空前提高。我很庆幸，因为我把我的新理念植入了老师们的心田，老师们又把新思想注入孩子们的脑海，孩子们则把好的读书习惯带回了家庭，带到了他们的成长历程里。

三年来，我一直围绕学校工作走在新旧更替、矛盾转化、改革创新的成长之路上。一路上有欣喜，有委屈，有扶持，有鼓励。党的十九大提出的优先发展教育事业和乡村振兴战略，给了我们农村教育人更多革故更新的勇气和信心。

“问渠那得清如许，为有源头活水来。”新时代每个工作岗位都在呼唤有勇气、有担当的人去作为、去创新、去开拓。新时代、新作为，让我们一起撸起袖子加油干！

仁医大爱父女情

聊城市第二人民医院　郭怡然

去年腊月十三是妈妈去世一周年祭日，我跪在地上祭拜她，猛一回头看见年迈的父亲在寒风中，微驼着背，风吹着他花白的头发，泪眼婆娑，嘴里不停地在念叨着什么。我再也忍不住，站起来一把抱住了他说："爸，对不起，都是我不对。"这是妈妈去世一年后我对爸爸说的第一句话。

我从小生活在一个人人羡慕的幸福家庭。爸爸是医生，妈妈是老师，父母恩爱，我也乖巧懂事，是爸爸妈妈的掌上明珠。记得小时候，我总对妈妈说："妈妈，长大了我要当一名白衣天使，这样咱们家一个医生一个护士，我和爸爸就可以一起照顾你了。"妈妈说："傻孩子，妈妈身体好得很，不需要你们照顾。"

22 岁那年我大学毕业了，真的成了一名护士。我穿着洁白的护士服，憧憬着美好的未来。

可是我永远忘不了我刚刚上班的第一个周末。妈妈到医院做例行的健康查体却查出了胃癌。胃癌！我觉得天一下子塌了下来。妈妈身体好得很，怎么会得这种病，我始终不敢也不愿相信。短短的三个月，妈妈就经历了两次大手术。

记得那是在第二次手术的时候，我和爸爸焦急地等候在手术室门口。时间一分一秒地过去了，一小时，两小时，这时候爸爸的电话忽然响了："主任，下面有一个中毒的病人情况危急，我们需要帮助。"挂上电话，爸爸就要下楼，我一把抓住他的衣服，带着哭腔说："爸，妈还在手术您不能走。"而爸爸却只说了一句话"那是一个生命"，就甩开我转身向楼下走去。

这是我第一次生爸爸的气，5 个多小时的手术，妈妈被推了出来。妈妈脸色苍白，憔悴虚弱，我一边推着病床一边哭，心里在怨恨着爸爸，平时老说和妈的感情多么多么好，可为什么在妈妈最需要他的时候他却离开。

爸爸出现在病床前的时候已经是三个小时以后，我气得一句话都没跟他说，他默默地坐在妈妈的病床前，牵着她的手，好像在求得妈妈的原谅。

接下来的 4 年，是无数次的放疗化疗。原本身体强壮的妈妈被折磨得消瘦不堪。就在妈妈化疗的 4 年时间里，爸爸竟没有请过一天的假。当妈妈躺在病床上被化疗的药物反应折磨得痛不欲生的时候，爸爸却在抢救着别的病人。看着妈妈越来越少的头发，越来越瘦弱的脸庞，我决定要跟父亲好好谈谈。那是一个冬天的深夜，家里的电话铃声突然响起，是医院有危重病人要叫爸爸去，我一听立刻就火冒三丈，心里的怨气突然爆发，我伸开双臂挡在门口不让父亲离开，手里攥着车钥匙，眼里噙着泪水："化疗室的床有多冰冷你知道吗？妈妈独自躺在那冰冷的仪器上，她有多需要你陪你知道吗？为什么你有时间陪着你的病人进手术室，没有时间陪着自己的妻子做化疗；为什么你有时间陪病人聊天，没有时间陪着我和妈妈吃顿晚饭。妈妈也是病人，她也需要关心，需要陪伴。你就不能陪陪她吗，哪怕只有一晚上？”爸爸压着声音说：“不要把你妈吵醒了，快让开，爸爸是医生，要去救人，妈妈现在没有危险，你在家好好陪她，天亮了，我就回来了。”可我依旧不依不饶：“说了不能去就不能去，医院里不光你一个医生，可是妈妈只有你一个丈夫，你的时间都给了别人，这不公平！”“啪”的一声，爸爸的巴掌落在我的脸上，20 多年来爸爸第一次动手打我。爸爸从我手里夺走钥匙，开门离开。我强忍着泪水，回到房间，透过窗户，看见车子急速地离开了小区，我知道那是爸爸为了节约时间把车开得飞快。我捂着火辣辣的脸，既担心爸爸的安全又恨爸爸心太狠，发誓再也不跟他说一句话。

那年冬天，妈妈走了，永远地离开了我们。办完了妈妈的丧事，爸爸第一次在我面前流了泪。他蹲在妈妈的墓碑前说：“世界上最爱你妈妈的人是我啊，她是我一起生活了 30 年的爱人，我比任何人都想挽救她的生命，都想多陪陪她。可是，我是一名医生啊，尽心尽力救助每一个病人是我的天职，他们也有妻儿、老母，我多挽救一个生命，就是挽救了一个家庭呀。我知道你妈是会理解和支持我的。”

这些话我虽然听着有道理，可一时心里还是转不过弯来。直到有一天我到了急诊室工作，连续工作 20 多个小时，救助了一个又一个病人，在家属们热切期盼和千恩万谢中，我忽然明白了爸爸的苦心，是我不好，误解了爸爸。

爸爸在墓碑前说的每一句话都回响在我的脑海里，作为丈夫他何尝不想去多陪陪自己即将离世的妻子，可是医院有更多人的妻子需要他去救助；作为爸爸他何尝不想和自己的女儿好好解释，可是有更多的女儿在盼望着自己的父母醒来；他也想安静地和家人吃上一顿晚饭，可是有更多的家人留在医院，等着盼着，连口热水都顾不上喝。所以他不会放下工作，也不能放下手里的工作，他一直强忍着，一句解释都没有，我意识到这个给我生命、教我读书习字、教我做人做事的男人，用他一生的操守告诉我，什么是最可贵。他像一盏灯，为我照亮迷途；他像一把伞，为我遮风挡雨；他像一棵树，教我迎着阳光生长，守护在我身旁。

党的十九大明确提出，要实施健康中国战略。时代呼唤好医生，市民需要好医生。新时代的好医生就是要像爸爸一样，要有温度，心中始终装着病人；要有深度，把自身的发展同国家的发展结合起来；要有高度，能够用先进的医疗技术解除患者的疾苦。我愿接过爸爸的接力棒，让好医生的品格在我们一代人身上不断传承、发扬光大。

我的一个小小心愿

临清市文化广电新闻出版局　李赛南

今天我很高兴能和大家谈一谈改革开放40多年的点点滴滴。可能有人会说，你们啊，是掉在糖罐里的一代，不知道以前有多苦，体会不了老一辈人对这40多年的感触。是的，我们这一代，是在老一辈建设者用青春和热血铸就的时代里成长起来的，是在改革开放的伟大变革中成长起来的，伴随着我们成长并留下记忆的是不断变美的城市和人们日益丰富多彩的生活。我们是幸福的！

伴随着滚滚向前的时代车轮，如今，发展的接力棒已悄然交到我们手中，站在历史的新起点上，我们既有着自己的感悟，也对未来充满了希望……

今天我想和大家聊聊我的一个小小心愿。

我出生在80年代末，在21世纪之初踏上工作岗位，成为临清市博物馆一名讲解员。或许是因为从未品尝过生活的艰辛，我和许多同龄人一样，也曾经认为生活的一切美好都是理所当然。直到我遇上这样一批参观者，他们是恢复高考后临清的第一批大学生，退休了回来看一看。当看到门前的街景时，老人们感叹道："临清这些年变化真不小。以前我们在这儿时，可不是现在这个样子。"说完，还拿出一张黑白小照片给我看：一条空荡荡的马路，两边破烂的小平房。"这是在临清的哪个乡镇吧？"我问道。话音刚落，他们全笑了起来，"这就是新华路。小姑娘，你看，认不出来了吧。"

照片上的简陋和眼前的繁华形成了强烈的对比，这让我感到惊讶，惊讶的不仅仅是这座城市的巨大变化，更是自己已经身处这个变化之中却全然不自知，这也让我开始重新打量起身边这座城市来，光影流转的40多年到底改变了哪些？

后来，工作中我收集了3张不同时期的临清地图。一张是1956年最早的手工测绘图，一张是1979年第一张航拍测绘图，还有一张是最新版的卫星地图。从手绘到航拍再到卫星，从线条到模块再到纵横交错，从简易房到砖混房，再到如今的高楼，照片上的变化清晰可见，已经全然没有了老人们记忆中那破烂、简陋的痕迹。其实，不单单是一条路，周围的一切都在发生着变化：城市越来越大，通信越来越方便，生活越来越好……不经意间，我突然发现，我们自己不就是这巨大变化的见证人吗？

我们是幸福的！

"讲解员，你好！我是第一次来临清，请你给我们介绍一下。""讲解员，听说临清是千年古县，那一定有光辉的历史吧？""讲解员，听说临清的大运河是世界文化遗产，在哪里呀？"每天，我都面对着这样来自远方的朋友，成为他们与这座城市之间沟通的桥梁。而他们带着好奇和疑问，也希望通过我来了解这座古老却又年轻的城市。还有那些回乡的老人，在结束了一天的游览后对我说："小姑娘，谢谢你的讲解。

让我们了解了临清悠久的历史，特别是看到了‘她’新的发展。”看着他们赞许的笑容，我发现，讲解员这看似简单的工作却能折射出不平凡的光彩。这里的一砖一瓦、一草一木、一点一滴的旧貌与新颜都将通过我们声情并茂的语言传递给每一位老友与新朋。

进入新时代，在党的十九大精神指引下，临清市委市政府确定了打造“一城三区”、建设“富美临清”的奋斗目标，加快新旧动能转换成为全市人民共同努力的方向！

近年来，临清市相继荣获“全国科技进步先进市”“全国法制宣传教育示范市”“全国科普示范市”等光荣称号，是中国棉纺织名城、中国蜡染名城、中国轴承贸易之都，还是著名的中国京剧之乡、书画之乡、武术之乡、轴承之乡和酱菜之乡。再看看你、我、他，网购、快递让你足不出户，临清名吃、快餐连锁已遍布街巷，大房子、小汽车早在春风里飞入了寻常百姓家。

在博物馆，有一只乌篷船陈列在馆内，全木质结构，每一批来馆参观的游客都要与它合影留念，它似乎在向人们诉说着漕运时代的临清是何等的繁华。如今，船虽然被摆上了展台，但取而代之的是一条条高速公路和一条条铁路，今天，改革开放的临清更像是一列全速前进的列车，正满载着全市人民驶向未来美好的新生活。

我们是幸福的！

别人把我们称作掉在糖罐里的一代，我想，如果我是一颗糖，那就应该把这种“甜蜜”传播给周围的每一个人，让我们的生活在新时代中“甜上加甜”。

与前辈们为临清发展贡献青春相比，时代虽然不同，但青春永远一样，作为手握接力棒的新一代，我们也要用生命中最美好的年华去谱写一曲最美丽的人生乐章。

这，就是我的小小心愿，在感动于这40多年的惊天动地的变化后，我要从一个见证者变成奉献者，去书写第二个40年的精彩纷呈。作为一名文化系统工作者，我所要做的，就是愿凭自己的一点力量认真传播好我们临清那底蕴丰厚而又独具特色的运河文化，要在这方土地上，用我饱满的热情，对每一位来到这儿的朋友说：“您好！欢迎来到临清，这是一座古老而又年轻的城市……”

不忘初心永向前

国网冠县供电公司　杜　娟

记得那是2005年的夏天，我刚刚大学毕业，坐公交车去面试，我对面坐着一位70多岁的老奶奶，停车的时候，司机去车后面拿了点东西，转身回来时，蹲下来把老奶奶双脚穿反的鞋子换了过来。那一刻，我仿佛看到了一个儿子在给他母亲穿鞋。我暗下决心，如果我做了服务工作，也要像他那样用心服务，把温暖和关怀带给每一个人。那一年，我23岁，初心在我心里种下了种子。

后来，我顺利地来到了公司中心营业厅工作。慢慢地，随着新鲜感地褪去，每天面对客户千篇一律的问题，不平、烦躁的情绪时常冲击着我的内心。我是大学电气专业的优秀本科生啊，怎么会天天干这种枯燥、单调的工作？我的未来在哪里？我一度忘掉了自己的初心。

直到有一天，一位客户急匆匆来到营业厅，说要当面感谢一个人，那个人就是我们的班长邢月敏，我们都亲切地称她敏姐。问过之后，了解到事情的原委。原来，前一天晚上一个客户家中突然断电，客户在自助终端机上交电费时电卡被吞，敏姐骑着自行车从十几里外的家中冒雨赶到，帮客户取出电卡并购电成功，她回到家已经是半夜。客户感动地说："哎呀，你看太不好意思了，我以为你们值班人员有车呢，早知道你没车，我去接你啊！""没有关系，这是我应该做的。"我后来才知道，像这样的事情，经常发生。我被感动了，一样是服务，我终于理解了那种用真心换真情的责任感。

从那以后，我每天清晨第一个来到单位打扫卫生，用微笑迎接客户，塌下心来学习业务知识，积极参加各种竞赛，努力提升服务质量，手机上多了很多客户的号码，他们总是一有用电的问题就会向我咨询，慢慢地我得到了客户的肯定。2009 年，我当上了业扩专工，那一年，我 27 岁，初心在我心里发了芽。

冠县有一个乡镇叫桑阿镇，那里的小米、豆腐丝很出名。但我知道桑阿镇，是因为那里出了全县首例光伏业务。有一位年轻人叫王希利，他在 2013 年 7 月报装了 3000 瓦的分布式光伏发电申请。对我来说，这是新的业务，虽然上级有文件，但我们从来没有办理过，我的心里一点底都没有。一开始接触我做得很好，告知客户流程，受理他的业务申请，了解他办理分布式光伏的原因，着实忙了一阵。技术方案定下后，我以为可以松口气了，但在一个周日，他又给我打电话，询问业务情况，甚至埋怨我没有加快进度。我有些烦躁，告诉他周末休息，不要再给我打电话了！但挂了电话，我马上后悔了，怎么能这样对待客户？经过反思，我变得积极主动，学习、啃文件、与上级沟通、跑备案、现场勘察、中间检查、组织竣工验收，一次不行就两次，两次不行就三次。不等他找我，我主动告诉他，什么时候去他家现场勘察，什么时候来公司确定方案；备案已经批准了，请过来拿备案证明；工程验收出现了问题，施工单位如何整改；等等。10 月份的时候他家的光伏顺利并网了，周围的村民都很好奇，说："哎呀，没想到还能发电给钱！电视上说的是真的！供电公司的服务真是走心啊。"那一刻，我的心里不由得升腾起一股自豪感。12 年来我把最好的青春都献给了客户，我从不后悔！付出终有回报，2016 年，我被评为聊城供电公司十佳青年，那一年，我 34 岁，初心在我心里扎下了根。

今年，我成了山东省人大代表，又多了一份责任。年初，我作为全省电力系统唯一一名电力普通职工代表，参加了山东省第十三届人民代表大会，这是我一生中至高无上的荣誉。在大会发言时我自信地说，我们坚持"特高压"，打响蓝天白云保卫战！电能替代实施新旧动能转换我们走在前！我们电力人会不忘初心、坚守岗位，保障万家灯火！

人生漫长而又短暂，是什么支撑我们坚持不懈地走下去？是我们的初心，是心中的那一份坚守和责任。初心，它已经融入我的血脉中。虽然我们只是社会中平凡的一员，但是我们可以坚守平凡，努力去实现梦想！

追梦路上的建设者

冠县住房和城乡建设局　潘腾腾

我是一名住建工作者，建设美好家园是我的梦想。在实现这个梦想的过程中，有苦，也有泪，但更多的是幸福。今天，我要把我的幸福讲出来，用一个住建人的视角去充盈中国梦，用百姓的新声音去讴歌新时代。

2017 年 5 月，我初入住建局，接到的第一个工作任务就是老旧住宅改造。这项工作对我来说是一个新鲜事物，只能在摸索中开展。于是我就认真钻研省、市两级文件，从中找到突破口。首先，对全县老旧小区进行排查，重点对房屋的交付时间、基础设施老化程度、业主的改造意愿等进行摸底，仅用了一周的时间就掌握了 50 多个小区的第一手资料，把符合条件的小区纳入改造范围，并编制了《冠县老旧住宅小区改造三年规划》。其次，就是改变小区内严重“脏、乱、差”、无人管理的现状。

改什么？怎么改？针对这些问题，那段时间我总是顶着烈日，甚至牺牲节假日和休息时间，登门入户广泛征求业主意见。刚开始大多数业主不理解、不配合，甚至入户征求意见时都敲不开门，我就动之以情、晓之以理地耐心做工作，一天下来说话说得口干舌燥，进家后都不愿和家人多说一句话。尤其是在铲除小区小菜园时，老人们不理解，抵触情绪很大，其中有一家我就去了三次。第一次去，老大娘只把门开了一个缝，说我铲除她的小菜园是和她过不去，把话说得很难听，我话还没说完，她就“砰”的一声关上了门。我感觉很委屈，眼泪在眼眶里直打转，真的想放弃，可心里却总有一股力量告诉自己，坚持住，就快成功了。就这样，我又去了两次，苦口婆心地给老大娘讲解小区改造后的整洁、靓丽，我的耐心终于说服了老人，使整个改造工程得以顺利开展。

小区改造时正值三伏天，为尽量减少因施工给业主带来的不便，我每天奔波于各个施工现场，严格把好工程质量关，协调施工中遇到的问题，硬是从一个白白净净的小姑娘晒成了一个黑黑的女汉子。肩膀和脖子经常被晒脱皮，家里人不解地问：“你这工作怎么这么辛苦，你们把工期往后稍微推推，天气凉快点再干不行吗？”我总是一笑而过。经过40天的紧张施工，终于完成了全部改造项目，3000余户业主家通过改造让旧楼穿上了“新衣”，坑洼的道路变得平坦，敞开式的单元入口安装上了防盗门，漆黑的楼道开始变亮了。住户王女士说：“我在这里住了30年，这次改造工程一下把压在我心里的烦心事解决了。政府下这么大的力度改造老旧住宅小区，让我们感动，感谢党的好政策……”那一刻，我感觉之前的那些辛苦和委屈都烟消云散了。2016年以来，冠县已经对32万平方米、3000余户的18个老旧小区进行了改造提升，几个月的艰苦付出，改变的是几十年的窘况。付出、收获、喜悦这些词像图画一样，描绘了小区改造的点点滴滴，闪耀在2018年的夏日里。“一丝一粒，我之名节，一厘一毫，民之脂膏；宽一分，民受赐不止一分；取一文，我为人不值一文。”所以对每一项工程建设都能保持一颗住建人赤子之心，让住户通过我们的工作解决生活难题，这就是我的梦想，是我的幸福！

中国梦，由一个个不同的梦想构成，它属于每一位普普通通的劳动者。作为一名住建人，我深知：住建梦，是成千上万个住建者的心愿汇集成的梦，它倾注着我们的热血与汗水，彰显着我们实现住建工程的希望。“苔花如米小，也学牡丹开”，我们住建人虽然普通，却在平凡的岗位上干出了不平凡的成绩！

雄关漫道真如铁，而今迈步从头越。新时代，就让我们乘着浩荡东风，团结奋进，不负韶华！

有困难，找郑姐

冠县民政局　郑芳馨

我是冠县民政局婚姻登记处的一名登记员，我的工作平凡而普通，但我爱我的工作。我会因为美好的婚姻在我手中缔结而骄傲，也会因为挽救了一个濒临破碎的家庭而自豪。今天我想跟大家分享三个电话的故事。

每年进了腊月门，是结婚登记的高峰，不光是前来办业务的人多，此起彼伏的电话铃声也是热闹非凡。“大妹妹，俺过年回家的时候上恁那儿补办结婚证去行不，俺结婚证丢啦，没证孩子就没法上学。”登记员小张一脸微笑地对着电话听筒说：“我们过年的时候不办公，建议您提前回来！”这个时候电话那头声音提高了八度，“啥？俺容易不？拼死拼活从外边回来一趟不光千把块钱路费没了，工资也得扣好几百元啊，来回得坐 50 多个钟头的火车，胀得这腿一按一个坑，光说服务为民、服务为民，恁咋给俺服的务啊？”这句抱怨，我们都无语了，那些在外打拼的务工人员，大都不舍得请假，真等到他们过年回来的时候我们也在休假了，让他们带着遗憾回去，我们心里能踏实吗？不能！所以我们开展了 365 天不休息工作制，随时接受预约。大年初一这天，那位大哥因为给老辈儿拜年，来到登记处都 11 点了，写字还特别慢，我不时地低头看表，他一边用抱歉的目光看着我一边讷讷地说：“这回恁可帮了大忙了。”临走的时候，他笨拙地解开随身带来的包袱，包袱里边是一层粗布，粗布里边又是一层毛巾，毛巾里头是两只对扣着的碗。我真的没想到，这竟然是他怕耽误我吃饭，给我带来的还在冒着热气的饺子。虽然现在都不记得那饺子是啥味儿的了，可我还记得那让我温暖到现在的一层层的包袱。

在婚姻中，从浪漫激情，到一地鸡毛；从琴棋书画诗酒花，到柴米油盐酱醋茶，有矛盾太正常了。“冲动是魔鬼”这句话一点都没有错，它可以瞬间把矛盾激化到无法调和。有一天，习惯早到单位的贺姐还没进门，就听见电话铃响，这点儿，啥事啊？拿起来电话还没问好，就听见一个人扯着嗓子喊：“几点上班啊，俺离婚嘞！”后面还有个声音说：“走，这就去，谁不去”……电话好像又被另外一个人拿过去了，戾气十足的声音传过来：“谁要是敢给他们办，我砸了恁登记处！”“嘟嘟嘟”，贺姐还没说一句话电话就挂了。八点半，浩浩荡荡来了一个车队，车上的人下来后迅速分成三个团队，哪三个？娘家、婆家和中间人呗。这家有三个孩子，大点儿的冲着父母咆哮，“你们光顾自个儿，离婚离婚，离了婚我们就缺爹少妈了，咱村小庆不就是因为他爹妈离婚才蹲的监狱吗？”最小的孩子还不到三岁，眼睁睁看着这群人争执、怒吼，吓得号啕大哭，急得起了满身痱子，裤子都尿湿了也没人管。十几岁的女儿也冲到队伍里，喊着“离吧离吧，你们离了我就跳河”，现场真的乱成一团。哎，现在主角该换我们了，为啥啊？我们是共产党员，是婚姻登记员，是心理咨询师啊，缓解矛盾，帮助家庭安宁，促进社会和谐是我们义不容辞的责任和义务啊。登记员首先找群众问情况，让当事人冷静下来，时而苦口婆心地规劝，时而义正词言地教育，时而耐心细致地分析，时而万分无奈地叹息。嘿，有成效了，双方的亲戚不再大打出手破口大骂了，两个当事人对视一眼，都惭愧地低下了头。像这样的情况太多太多，每当看到当事人破涕而笑、携手回家，我们的心里啊，就像考了 100 分那样骄傲，那感觉，用咱老土话来说，傲了去了！

上个月，我在“郑姐热线”接到一个求助，小伙子说自己的爱人得了直肠癌，眼看不行了，但还有一个心愿未了，那就是，两个人一直想去办理结婚登记却被突然袭来的病魔给耽误了。面对当事人的苦苦哀求，一边我们告诉他“对不起，按照婚姻登记规定当事人必须亲自到场”，一边我们又在努力想办法圆他们的梦。我们先和当事人的主治大夫商量，看能不能由值班大夫和护士陪同病人到登记处，随时监测身体状态，答复是病人已经经不起一点颠簸。好，既然这样，我们带上所有手续来到医院。一进门，已经病入膏肓的当事人看到我们，眼睛亮了一下，我问道：“请问您愿意和身边这位和你不离不弃的男士登记结婚吗？”我的当事人提了好几下气，终于认真而又清晰地吐出了“我愿意”。当我把两本印着烫金字的结婚证递到那双瘦骨嶙峋的手中，告诉他们：“你们现在已经是合法夫妻了，新郎可以拥抱你的新娘了。”新郎小心翼翼地轻轻拥抱浑身插满管子的新娘。那一刻，在场的登记员和医务人员都泪如雨下。我不知道，这是一种怎样的爱情，这是一场能鲜活存在几天的婚姻，但是，我知道，这种上门服务的婚姻登记行为，就叫作成人之美。

在单位里，我最爱坐的地方就是门口那个咨询台，因为我觉得在这儿更能绽放光彩。我的工牌上写着“有困难，找郑姐”，说起来这六个字，给我带来的事儿可真不少。有的问结婚离婚，有的问低保，有的问安置，还有的问五保供养，可别怕把我问倒，我有个厚厚的本子记满了各科室的业务，你问我啥就能回答啥。我的老搭档王慧整天笑话我说：“郑姐，你真是啥都管的馆长，这民政局里还有你管不着的事儿吗？”虽然是句玩笑话，其实也是真事儿。上这儿来找我的，基本上都是举目无亲的老百姓，开始的时候，我跟他们说："我不管你问的这业务，你上里边问问去？"那些一脸憨厚的大爷大妈总是不好意思地说："俺村的人说，咱城里没人儿也不要紧，就上起结婚证那屋找胖郑去，她可好脾气了！"这句话里包含了多少对我的信任！我又怎么能不赶紧捧出一颗民政人热乎乎的心跟他们说："别说城里没人儿，大爷大妈，我们大家都是咱大家伙的那个自己人儿！"

大家都说，你这是想打造一个服务品牌吗？是的，我们每个人都应该把自己当作一个品牌来经营，咱们说的每一句话、做过的每一件事都带着自己的记号写入了我们的人生。

送人玫瑰，手有余香。当每对新人在神圣庄严的颁证仪式上郑重宣誓，当每对新人在集体婚礼上携手走过红地毯，当我用手语和聋哑当事人交流并且顺利地办结业务，当前来离婚的当事人在我的调解下重归于好，我觉得就是实现了自己的人生价值！这一幕幕，都让我庆幸，真好，我是个能给别人带来温暖的人。还是那句老话，"有困难，找郑姐"！

群众致富的领头雁

莘县朝城镇人民政府　辛　鹏

在这个充满竞争的年代，我们不得不敬佩这样一位女性，她扎根乡村，不忘初心、带民致富，同追梦想。她就是孔春焕，一位地道的农民大姐。

孔春焕，莘县朝城镇西关村人，自2014年起任村党支部书记、村委会主任，她还有一个身份，即山东泰华面业有限公司总经理。近年来，她先后被评为全县“三八红旗手”“十大杰出女性”“劳动模范”和“优秀共产党员”，2017年11月荣登“中国好人榜”，她还连续三届当选县人大代表。

孔春焕，衣着朴实、热心快肠。村里的大事小情如数家珍，很多事情都需要她出面调解，一天她只能休息几个小时，让人不得不对她肃然起敬。

50多岁的年龄，已看不到她美丽的似水年华，但能感受到她与生俱来的气质和历经磨难的“沉香”。1995 年，30 岁的孔春焕不顾身边人的怀疑，创办了自己的企业山东泰华有限公司，经营粮食收购和面粉加工、销售。因为她好强的性格和认真、踏实做事的态度，经过她的苦心经营，企业逐步发展壮大。如今，该企业占地 40 余亩，拥有员工 50 余人，年加工小麦 2.8 亿斤，年产各类面粉 2.2 亿斤、麸皮 0.6 亿斤，规模和收益非常稳定，企业产品得到了全国各地的普遍关注和广泛认可。

自 1999 年以来，她先后拿出 30 多万元为村里铺设了第一条沥青路、修建了一座新桥。逢年过节，孔春焕都要带着礼物和现金到村里的孤寡老人家去探望。2014 年村“两委”换届选举时，孔春焕在党员干部群众强烈呼声中脱颖而出，成功当选为朝城镇西关村党支部书记。

为了带领全村群众致富，2015 年孔春焕号召全村进行以蔬菜大棚为主的农业结构调整。她将政策传达给村民，村民大都对蔬菜大棚感兴趣，却因资金不足没有村民敢尝试种植。为了做给群众看、带着群众干，孔春焕率先流转土地，自建了 50 个冬暖式大棚、60 个大工棚，再以原价承包的方式分期转包给群众。为确保蔬菜质量、叫响品牌，她先后五次到寿光蔬菜基地考察市场和请教专家，多次自掏腰包租赁大巴车组织全村种菜户去蔬菜基地参观学习。

当年夏季，她带领村民首次种植陆地黄瓜，农户直接效益每亩 16000 元，一年给全村带来经济效益 600 多万元。后来，她又想方设法流转村里的土地种植果园。那段时间，孔春焕病倒了，但她躺在病床上依然惦记着筹建全村果园的事，刚取下吊瓶她就驱车直奔青州桃园基地。半个月后，村西头的荒地上种满了桃树、葡萄树。为解决蔬菜和瓜果的销路，她又组织新建了 20 余亩的蔬菜交易市场，使蔬菜销售和市场实现了无缝对接。通过孔春焕的支持发动，西关村的蔬菜大棚规模从无到有、从小到大，逐渐成为全村增产增收的支柱。

“全村的变压器严重老化存在安全隐患，机井年久失修需要重打，村里缺少群众娱乐健身广场”，这是新老书记交接会上的会议记录。孔春焕默默地记在了心里。为了改变现有的状况，她带头执行周二、周五集中办公制度，每周至少坐班 5 天。在打机井的那几天，她起早贪黑，夜以继日，几乎没怎么合过眼。从联系施工队到构筑采购再到下管填砂，她天天一身汗水，双腿淤泥。为了尽快打通那 5 眼机井，她加班加点，为此体重直降 10 余斤。

为了消除西关村的陈规陋习，她联合镇里做好宣传工作，在村里制定村规民约推进移风易俗、厚养薄葬新风尚；她率领自己家族以身作则为移风易俗、简办婚丧事做示范；在她的努力下，村民的陈旧观念逐步转变，红白事大操大办、炫富攀比等陈规陋习逐渐消失。

孔春焕上任以来，时刻把群众装在心里，为群众办好事解难事，把对群众的承诺一项项落到实处。在孔春焕的努力下，截至目前，西关村新架设变压器 2 台，架线路 3 条，打机井 5 眼，安装路灯 30 盏，平整道路 4 公里；全村共清理存量垃圾 500 余立方米，极大改善了村民居住环境。她还自掏腰包新建了 1200 平方米村民健身广场 1 处，用实际行动获得了群众的一致赞扬。

“为什么我的眼里常含泪水？ 因为我对这土地爱得深沉……”艾青诗中曾这样表达对土地的热爱。孔春焕用生命的热情同样诠释了自己对家乡热土剪不断的情愫，我们为有这样的女支书而感到自豪，我们为她这样的好书记点赞。

我家的家训家风

莘县古云中学　张建忠

我叫张建忠，来自美丽富饶的全国文明乡镇——莘县古云镇。首先请允许我简要介绍一下我的家庭。我来自教育世家，父母都是退休教师，我本人是古云中学的一名思想品德课高级教师。妻子孙凤玲，是古云中心小学的高级教师。儿子张光宇，现是阿里巴巴支付宝团队的技术专家，工作之余喜欢研发一些手机软件，其中杭州城市通一款已经上线，他因此荣获2012年第二届国际城市学西湖金奖，接受时任全国政协副主席徐匡迪的颁奖。大女儿张光璐现任杭州网易青果产品经理，小女儿张光乐2016年获中国科学院光学博士学位，现在是沙特阿卜杜拉国王科技大学（KAUST）的博士后。

孩子们所有这些成绩，都归功于我有一个心胸豁达、勤劳善良的母亲和一个思维敏捷、家教极严的父亲。一“慈”一“严”，一“柔”一“刚”。

两位老人为我们传递着良好的家风。

20 世纪 70 年代，我母亲为了解决一家 11 口人的穿衣问题，都是亲自动手纺线织布。每天晚上，我一觉醒来，第一眼看到的情景就是母亲还在织布机前忙碌。朱子格言讲："一粥一饭，当思来处不易；半丝半缕，恒念物力维艰。"后来每当想起母亲那把左右横飞的"梭子"，念及母亲手上厚厚的老茧，我就自然产生一种无穷的动力，催我努力上进。

工作之余我们夫妻两人时常带着孩子们，到父母的家里，料理家务、拉拉家常。茶余饭后，我常给儿女们讲述我母亲一把梭子的故事，懂得感恩成为我们家的第一条家训。

我的父亲退休前是古云中学业务校长，他常常告诫我说："你是这个大家庭的兄长，凡事就应该做表率、多付出。"我在青少年时期的求学生涯中，牢记父亲教诲，处处为弟妹做好生活和学习上的表率。我们兄妹七人在父亲的教导下，学会了生活上彼此照顾、学习上彼此鼓励。

在这样的家庭氛围熏陶下，我的三个孩子也就成了"比、学、赶、帮"的三剑客。我的儿子张光宇考入莘县一中时，成绩当时在班内倒数第五，经过三年的励志苦读，高考成绩是班级第三名，超重点线 27 分被重点大学录取。他在大学期间闻鸡起舞、静心苦读，自学软件工程专业，提前通过了英语六级，大三顺利拿到全国程序员证，没毕业就被北大方正提前录用。他从大三开始就没花过家里的一分钱，学习之余开发了大学的选课软件，解决了生活费用。当时学费用的是国家贷学金，儿子没毕业就还清了贷款。每次放假回家，还不忘给爷爷奶奶带礼物。走向社会后，他先后独立开发了六款便民软件，深受中外客户的好评。儿子的责任与担当体现了我们家的第二条家训。

孩子们从小就涉足国学经典汲取营养。我带领孩子早晨起床后的第一件事就是诵读经典 30 分钟，晚上睡觉前的 30 分钟是听读经典的固定时间。读经典成为孩子们成长过程中弥足珍贵的精神财富。大儿子后来开发的苹果爱听软件，给我们品读如曾仕强讲的《道德经》，钟茂森、傅佩荣老师讲的《论语》，李毅多老师讲的《了凡四训》，刘余莉老师讲的《群书治要解读》等数百部经典带来很多方便。现在就连读小学一年级的小孙子也会背诵《弟子规》《三字经》《大学》《论语》的大部分篇目。孩子们在古圣先贤的文化熏陶中，人文素养、道德品行有了更快的提升。读经典也就成了我们家的第三条家训。

孩子的成长需要方的规矩，用一个字概括的话就是“戒”。曾国藩家训中曾说到三件事：早起、自己的事情自己做、读经典。这些都在我们这个家庭中得到很好的践行。一年四季，我们从没有睡过懒觉，黎明即起成了习惯。这种每天的坚守也就自然落实了“戒”的规矩。我们一家人平时在学校附近居住，很少回老家。有一天，邻居张大爷气冲冲地到学校告诉我父亲，盛姓邻居盖房占了我老家的 2 米宅基地，张大爷说欺人太甚，要立即逼他们拆除垒了一米多的墙体。我父亲当即说道：“老家院子大，让他两米又何妨！”盛姓邻居得知后主动赔礼道歉，逢人就说我父亲会处理邻里关系。通过这件事，进一步营造了邻里友善的和谐氛围。白岩松老师曾说：“人生求痛快，先痛而后快。” 也是告诉我们让邻居痛快你才会真正感受到和睦邻里是多么快乐的一件事。这样坚守苦戒也就成了我们家的第四条家训。

以前我们家也不富裕，但邻里不管谁家有困难，我们都会慷慨相助。1976 年春，青黄不接之际，邻居梁大婶迈着蹒跚的步子来到我家，当时，梁大叔卧病在床，家里还有两个年幼的孩子嗷嗷待哺。她说：“我已经去过三家了，没借到一粒粮食，家里就要断炊了。”我母亲说：“谁家都有困难的时候，我不能见难不救。”说着，把缸里仅有的一碗小米倒给了梁大婶。大婶感动得眼含泪花，连连道谢而去。这“一碗小米的故事”在我幼小的心灵里埋下了关心邻里、善待他人的种子。

参加工作以来，我始终坚持爱心做教育，对工作任劳任怨，对学生关爱呵护。多年来，我先后成立了“心理大讲堂”“古云雷锋小队”“留守儿童关爱教育中心”等多个民间社团。并在周边乡镇举办了数十场诸如《修德固本静心精心做精品》《读〈弟子规〉做好少年》公益讲座，受益学生和家长达数万人。2015 年元月，在儿子的鼎力相助下，成立了杭州光大科技古云教育中心，把大城市的优质教育资源复制到了农村，让更多的家庭受益，让更多的农村孩子圆梦。2017 年 7 月 12 日，我受邀参加了联合国教科文组织的“2017 新农村校长论坛杭州国际峰会”。2018 年 3 月，我为留守儿童提供了免费的心理疏导和知识培训。我和儿子都有一个夙愿，在不久的将来给古云建设一座地标性的养老中心和教育中心，让古云的老人生活得更加幸福，让古云的孩子生活得更加阳光，让古云的家庭更加和谐。乐善好施，这是我们这个家的第五大家训。

我们只做出了一点成绩，却得到社会的充分肯定。我先后荣获“莘州英才”“聊城市优秀教师”“聊城市五老志愿者”等荣誉称号。我的妻子也荣获“聊城市优秀教师”称号。我的家庭先后被评为“聊城市十大教子有方最美家庭”“山东省最美家庭”“齐鲁十大最美家庭”“全国五好家庭”。2006 年 2 月 8 日，中央电视台《感动中国》栏目组以“一位农村教师的为师之道”在网络上对我做了专题报道。

“老牛自知夕阳短，不待扬鞭自奋蹄。”我会不负众望，继续奋斗，力争为家乡、为社会做出更大的贡献。

让英雄精神照亮逐梦征程

莘县县委组织部　齐风锐

“临难不顾生，身死魂飞扬”！

他们是英雄，他们是路标，他们是丰碑！

秋风化雨洒聊城，日夜传颂着昔日抗战英雄的故事。我去年大学毕业后，来到了莘县党性教育基地管理办公室这个大家庭，成为党性教育工作的一分子。身为一名红色文化传播者，每天早晨起床后第一件事，便是围着单位旁的冀鲁豫平原分局纪念馆走一圈，重温先辈走过的路，这是单位前辈们共同的习惯。可这个习惯对于一个刚毕业的“90后”来说谈何容易，而我至今已经坚持了11个月，这一切的根源要从那几张已经泛黄的黑白照片谈起……

1941年1月中旬，侵华日军第三十二师团、第二十师团及独立混成第一旅团、骑兵第四旅团各一部共7000余人、伪军3000余人，在坦克、装甲车、飞机掩护下，分别从济宁、菏泽、临清、大名出动，对以濮县、范县、观城为中心的鲁西抗日根据地进行“扫荡”，企图合击八路军第一一五师教导第三旅。

1941 年初，鲁西军区司令员兼第一一五师教导第三旅旅长杨勇，指挥部队在郓城潘溪渡围点打援，歼灭日军一个加强中队和 160 余人，毙俘伪军 130 余人。1 月 12 日，日 军集中大批兵力，分进合击，妄图捕捉我军区首脑机关和行署。17 日，杨勇、苏振华、段君毅率部跳出敌人合击圈，转移到朝城西南呈望、马集一带。随后，一股敌人尾随而至。为掩护军区首脑机关安全转移，八路军第一一五师教导第三旅特务营营长钟铭新率九、十两连在苏村阻击敌人。

“砰砰砰”，几声枪响打破了苏村的寂静。

在指挥作战的时候，营长钟铭新被敌人的子弹打伤了腹部，他捂着流出的肠子，扑向敌人与敌人同归于尽。

十连指导员强压心中怒火，端着机枪爬上房顶，对着涌进胡同口的鬼子，一阵猛烈的扫射，将多名鬼子送上西天。当他站在房顶再次向鬼子扫射时，几颗子弹同时向他飞了过来，他从房顶上直生生地跌落，当时怀里还紧紧抱着那挺机枪。

在这种艰苦的条件下，教导员做了最后的战斗动员：“同志们，考验我们的时候到了！上好刺刀，准备白刃战斗……”“只要还有一口气，就要战斗到底”。他们分成多个战斗小组，占据胡同、院落、房顶，继续同敌人战斗。子弹打光了，用砖头砸；刺刀扎弯了，用铁锨拼。

不料，恼羞成怒的鬼子竟然使用了化学武器毒瓦斯，把战士们呛得咳嗽不止、鼻涕眼泪直流，副教导员秦昌银指挥大家，用湿毛巾包着肥皂沫、大蒜渣捂在嘴上，继续与敌人对峙。但由于敌人大量施放毒气，大家渐渐失去了知觉。鬼子从早到晚，强行将苏村攻破，凶残地把被俘指战员分批拉到村南沟里屠杀，血流成河。

苏村阻击战，打得艰苦，打得悲壮，打得辉煌。我军 123 名指战员壮烈牺牲，仅8人生还，歼灭日军300余人，成功掩护了我党军政机关的安全转移，用生命和鲜血谱写了一曲惊天地泣鬼神的英雄赞歌。在鲁西的抗战史上写下了光辉的一页。正是因为抗战将士不顾生死、浴血奋战，一切为了老百姓为了解放事业才有了接下来的故事。

大家都知道沂蒙有红嫂，咱们聊城也有红嫂。

在20公里外的张鲁，张荣同志是一名地下工作者，由于工作性质她每天只抽空给自己的孩子喂奶。一天，张荣与敌人遭遇被困在了村子里出不去，此时她最担心的就是自己的孩子，等到回去后已经是大半夜了，但推门一看邻居李大嫂正在给孩子喂奶，张荣激动地一直不知道说什么好，她说："大嫂，您的孩子奶水都不够吃还来给我的孩子喂奶，真是过意不去。"

大嫂笑着说："屋里一直没人，孩子又一直在哭，我给孩子喂奶，这是应该的，你看我的孩子，最近都学会吃面糊糊了呢。"

张荣心里知道，大嫂把奶水都留给了她的孩子，而给她的孩子吃的是那黏黏的面糊糊。

张荣哽咽着说："大嫂，等革命成功了，咱们的孩子就会不愁吃不愁穿了。"

大嫂说："你去干革命我给孩子喂奶，这是应该的。"

群众是共产党人的活菩萨。千真万确，没有群众，共产党就没有立足之地，生存之所，更无胜利可言。

一个个可歌可泣的事迹，一个个可赞可叹的信念！我能不被它们感动，不被它们震撼吗？这一幕幕画面不停地在脑海里回荡，就这样一直伴随着我激励着我，每天重温先辈走过的足迹都会有不同的感受，红色基因是什么？经过这一年我明白了，红色基因是一种革命精神的传承，它形成于艰苦卓绝的战争年代，在井冈山、瑞金、遵义、延安、西柏坡等地凝聚，并伴随着中国革命、建设、改革胜利的伟大历程传承至今。

习近平总书记在参加十三届全国人大一次会议山东代表团审议时强

调，红色基因就是要传承。中华民族从站起来、富起来到强起来，经历了多少坎坷，创造了多少奇迹，要让后代牢记，我们要不忘初心，永远不可迷失了方向和道路。

虽然他们已经离去，但他们的精神永远在我们心中，他们身上那种坚守信念、胸怀全局、团结一心、勇当先锋的革命精神将会永存。今天我们要大力弘扬革命精神，继承革命先烈遗志，从我做起，从现在做起，用心中共鸣去感怀，用实际行动去验证。其实，红色基因早已融入国人血脉，它是红船精神、长征精神，也是奥运精神、航天精神。而在蓬勃奋进的新时代，它必将继续鼓舞着一代又一代中华儿女为了中华民族的伟大复兴而努力奋斗。

新时代社区里的“小青年”

茌平县振兴街道办事处　王　云

“小王呀，我眼神不太好，你给我看看这个表怎么填？”“小王呀，这个章在哪里盖？”“小王你给我说说这个农村医疗怎么去报销啊”……我，就是大爷大妈口中的“90后”小王，而刚刚这些就是我日常的工作。2017年，我大学毕业考入了茌平县振兴街道，成了一名基层的社区工作人员，有人还曾经编了这样一个顺口溜来形容我们：挣的钱少，管的事多，当的官小，惹的人多。的确是这样，谁让我们是社区工作者呢。

“社区工作很平凡，但平凡的岗位上也能开出不一样的花朵！”曾经的我是这样告诉自己的。但是，在慢慢地工作中，我忽然发现，社区工作同样也很琐碎。就拿我所在的社区来说吧，辖区内分布着4个城中村，28个商业住宅小区，每家每户的基本情况我们都要了解，前期的摸底工作、庞大的信息录入，都进行得非常艰难，时不时还会遇到个不配合的群众，可把我这个刚毕业的小闺女难住了，正当我发愁的时候，我的一位同事向我伸出了橄榄枝，帮助我渐渐成长。

他也是一名“90后”的年轻人，工作五年多的他，早已对各项工作业务游刃有余。不知道大家有没有注意到，从一上台我手里一直拿着这个笔记本。打开它，一行行的小字映入眼帘。

2014年4月23日，小井李村李某于2013年10月车祸后双腿残疾，丧失劳动能力，无子女，妻子务农维持日常生活。解决措施：回去向镇扶贫办上报情况，申请贫困救助基金，并及时建立贫困档案。

2015年7月19日，左庄村刘某，男，51岁，腰椎手术后不能干重活，妻子吴某49岁，患有中度抑郁症，无劳动能力，有一子，17岁高中辍学。解决措施：了解情况后联系村干部帮助其子于18岁参军入伍，积极向上级汇报家庭情况，定期进村入户慰问。

2017年郝张村，张某，南关村冯某……

每一页都详细地记录了村里有困难的家庭情况，并及时地帮助这些贫困户尽早走出困境。

还记得今年冬天，村里选举，那天天气特别冷，一大早他便和我们所有工作人员一起，开始了一天的准备工作，在选举现场，就看到他穿梭在各个队伍之中，搬桌子、搬椅子、疏导群众、维护秩序，每一项都少不了他；遇到不会写字的老人或者有疑问的村民，他又总能第一时间为他们解决，确保了选举工作的顺利进行，也拉近了我们与群众之间的关系。到了中午吃饭的时间，村民们也都陆续回家，只见他从抽屉里拿出了几包泡面，轻描淡写地说了一句：“下午还得继续，中午就吃它吧。”在瑟瑟的寒风中，这个平时能吃七个大包子喝两碗粥的小胖子，一碗泡面，便成了他的午餐。对大多数人来说，一顿饭的时间或许很短，而他仍把这仅有的时间留给了工作……

其实不光他，像他一样工作在基层的“80后”“90后”的年轻人还有很多，他们每天奔波在村里，奔波在群众之中，脚磨出了血泡，扎破了涂上药，第二天依然出现在村里；有时候忙起来一天都吃不上一顿正经饭，因为吃饭不规律，不少基层干部都落下了胃痛的毛病；遇到盯拆迁、盯违建的任务时，连续几天都不能好好休息，实在忍不住打个盹，蚊子咬得腿上满是包都不会醒……但是，他们从来不抱怨生活，不抱怨工作，正是这种对工作的执着、热爱让我们更加努力工作。

是的，我爱脚下的土地。虽然它不是每一个地方都那么富裕，但每一块土地都被辛勤的汗水浸润过。虽然不是每一条街道都平整，但每一个痕印我都记在心里。虽然，我们不能驰骋疆场、轰轰烈烈，但我们可以立足本职、兢兢业业。在我们平凡的岗位上为社区居民做好每一件平凡的事，用我们最平凡的付出，收获居民脸上最美丽的笑容。

虽然很多人说基层苦、基层累，但我想说，作为一名共产党员，作为一名新时代的新青年，只要基层需要我，我的青春就在这里！

我向总书记立下“军令状”

茌平县贾寨镇耿店村　耿遵珠

今年全国两会期间，习近平总书记在参加山东代表团审议时，表扬咱们耿店村成了“鲁西小寿光”，肯定了耿店村吸引年轻人回来发展大棚蔬菜的做法。习近平总书记的认可，使我倍感鼓舞，我站起来向习近平总书记承诺：“不忘初心，撸起袖子加油干！我们一定要把耿店建成乡村振兴的齐鲁样板！”向习近平总书记立下了“军令状”，我现在干事业的劲头儿更足了。

说起我们耿店村，最出名的就是蔬菜产业。2002 年，我刚当上村支部书记的时候，耿店村有 100 多个老棚，年年种芸豆，效益低，病虫害增加，死苗、减产严重，村民对种大棚失去信心，想平掉大棚改种树。俗话说“一亩园顶十亩田”，耿店 760 人 1300 多亩地，人均不到 2 亩地，不种菜老百姓怎么致富？听说寿光的蔬菜搞得好，我就带着部分党员干部和群众去参观学习，看看人家怎么干的。回来后我们从寿光请了一位姓潘的老师，在他的指导下，改种黄瓜、尖椒等新品种，当年效益就实现了翻番，一个棚赚了一两万元。这下子就把群众的积极性带动起来了，2003 年就新上大棚 46 个。

大棚越搞越多，又出现了卖菜难的问题。我心里非常着急，与村“两委”一商量，决定自己建蔬菜批发市场。这个事做起来，阻力非常大，反对的没别人，都是家人、朋友……都极力劝阻我不要弄，一是没钱，二是怕弄成烂摊子。我自己也想了好长时间。不行！还得建！怕出事就干不成事！最后总共凑了 15 万元，不太够。为了少花钱办大事，我带着入股代表，亲自到聊城找工程队，亲自到钢材市场买材料，一家一家地挑，一分一分地打价。当时正值深秋，订好材料，刚准备装车就刮起北风，下起了小雨雪。我们冒着小雨雪把材料装完，坐在拖拉机上，淋了一路，回到家时，天已经黑了，所有人都冻得站不住了，暖了半宿才缓过来。第二天一早起来，还得去给工程队打下手。就这样，我们勒紧腰带，抢时间，赶进度，终于在春节前把市场建成并投入使用。市场建成后，群众足不出村，就能把菜卖得一干二净，而且价格很好。我们规定每斤菜收 0.02 元的管理费，所得费用为股民分红，当年分红比例便达到 40%。

现在，耿店村发展高标准大棚 600 多个，创建了茌平县绿冠蔬菜农民专业合作社，下辖包装厂、加工厂、育苗厂、恒温库、批发市场等相关企业 10 家，实现了“育、种、销、运”一条龙，村民人均纯收入由 2002 年的 3000 元跃升到 2017 年的 2.7 万元，成为鲁西地区远近闻名的富裕村。

产业发展起来了，家业也越来越大了。几年来，通过新农村建设，耿店建起了 9 栋共计 3 万平方米的住宅楼和 2400 平方米的高标准老年公寓，村民全部搬进了新楼，实现了集中供暖、供气。村集体投钱为村里修了宽敞的柏油路，建起了文化大院、健身广场、卫生室、公墓殡仪馆，既提高了群众生活品质，也改善了村风、民风，成为鲁西乡村的“典范”。

更可喜的是，通过发展产业、壮大家业，村里环境好了，一些在外打工的年轻人陆续回村，进行大棚种植，村里人气越来越旺。像我们村的耿付建，中专毕业后在深圳打工，回来后建了 5 个棚，年收入 20 多万元，小日子过得红红火火。

通过这十几年的工作，我总结要想工作做得好，就得肯吃亏。新农村建设，我是全村第一个扒房的。2012 年，回迁户抓阄分房，我主动要了大家都不愿意要的 1 号楼一单元一楼东户。楼房抓完，另外 47 户感动得凑钱给我点了两首歌：《好干部》和《越来越好》。2014 年，二期楼分房，老百姓又都不愿意要顶楼。我又搬出来主动认领了二期的顶楼，把一楼让给了上年纪的群众，在我的带动下，耿店村“两委”班子成员全部主动认领了顶层的楼房，二期楼房非常顺利分完了，没闹出一点矛盾。

俗话说，金杯银杯不如老百姓的口碑，金奖银奖不如老百姓的夸奖。从 2002 年到 2018 年，十多年来，我摸着石头过河，跑了多少腿、流了多少汗、遭了多少白眼、生了多少闲气，别人或许永远无法体会。但我从未后悔，因为我的努力没有白费，我承担起了自己的职责，带领群众初步探索出了一条共同致富的道路，为乡村振兴做出了自己的贡献。下一步，我要牢记习近平总书记教诲，“牢记使命，不忘初心”，始终把群众的利益放在前头，把践行党的宗旨放在首位，为群众办好事、做实事，把我村打造成“绿色生态·和谐幸福”的新耿店，把我村建设得更加美好。

一个村党支部书记的新作为

高唐县汇鑫街道办事处　刘世琳

北邱村，在高唐县的最西边，再往西就到了德州夏津地带。高唐从老辈开始就有一个说法“城西三大乱”，北邱村就是三大乱之一。有一句顺口溜形容当时的北邱村：“外面像个村，进村不是村；老屋没人住，荒地杂草生。”这个村子有1600多人，是一个大村，村民长期种植小麦、玉米等传统粮食作物，增收十分困难。曾经，从村子里通往城里的路坑洼不平，晴天一身土，雨天一身泥。而现在的北邱村，刚修好的宽广公路上奔驰着各种车辆，村内环境干净整洁。最惹眼的，还数那一排排的高效温室大棚，这是北邱村转变的关键。而这些温室大棚的牵头人，就是这个村的党支部书记——邱坤。今天，我就跟大家聊聊这个普通的村党支部书记不普通的乡村振兴梦。

今年36岁的邱坤已经担任村党支部书记7年多。2011年，年轻有活力的他被推选为北邱村的村党支部书记。自此，他就带领大家走上了漫漫致富路。

邱坤说："作为村里的党支部书记，就要像大家长一样，为村民谋出路，自觉承担起带领村民发家致富的担子。种植传统农作物增收太困难了，必须有新思路，发展适合我们当地的新型农业，才能切实提高村民的收入。"2016年秋，高唐县政府号召建设高效温室大棚，将其作为培育农村发展新动能的机遇。邱坤看准时机，紧抓机遇，积极响应县里的号召，带领大家种大棚，奔小康。

想起最开始建温室大棚时的情形，邱坤还是颇有感触。建温室大棚，主要就是资金和占地的问题。咱们农村没有专门的墓地，大部分老人去世后就是葬在自己家的地里，现在要建温室大棚，很多坟地需要迁走。有些上岁数的人比较传统，觉得埋到地下再挖出来迁走，是对逝去的人不敬。村里有个韩大娘快80岁了，老伴在世时，夫妻感情非常好。现在老伴走了快十年了，她听说老伴的坟要迁走，怎么着也不愿意，甚至要以绝食来抗议。老人岁数大了，邱坤很理解她的心情，也很担心她的身体，所以只能暂时安抚她。但是大棚建设势在必行，村党支部成员聚在一块，商量了很久，最终决定，先劝导老人的儿子。邱坤去到他家里，给他详细介绍温室大棚建设的益处，能带动大家投入新产业增加收入不说，以后每年年底还会有村集体收入分红。又向他讲解当前移风易俗的内容，承诺会把他父亲的坟迁到离他们家更近更方便祭拜的墓地里。最终，在村干部和他儿子共同的劝说下，韩大娘答应了迁坟。

经过几个月的努力，一期工程占地68亩的7个蔬菜大棚终于开工了，邱坤也暂时松了口气。但面对后期的管理和销路问题，邱坤没有懈怠。他意识到要降低风险，保障销路，就要改变过去农业生产"单打独斗"的方式，要实现产业化发展模式。于是，他带头成立了惠邱蔬菜种植专业合作社，负责大棚的统一育苗、施肥、技术指导以及后期销售，形成了从种植到销售的保障体系，最大限度地保护了种植农户的利益。

在北邱，大棚种什么，棚户说了算，党支部和村组都不干预，只给大家提供建议和参考。说到这里，邱坤介绍了一件让他至今仍对棚户们满怀愧疚的事情。去年 4 月份，邱坤带着部分棚户去寿光考察，大部分人看准了网纹香瓜。但回来后农业局专家却给敲了个警钟，结合近两年的香瓜行情，预计今年香瓜价格可能会跌。但大多数棚户不想放弃，认为香瓜产量高又省力，想赌一把。结果香瓜上市后，价格一直走低，眼看着香瓜已经成熟，再不卖就要烂在棚里了，但是价格这么低，大家又舍不得卖。邱坤和合作社成员每天聚在一起，不是打电话寻找购销商，就是到处跑着找销售市场。在短短不到一周的时间里，邱坤的头发花白了大半，明明才三十出头的人，看上去却像是有四十多岁。说起那段时光，邱坤的妻子忍不住眼泛泪光。她说："那时候正好赶上家里老人不舒服，我陪着老人去聊城看病，当天又下起了大暴雨，我打电话嘱咐他记得去小学接儿子，结果他竟然忙忘了。孩子淋着雨走回家，当天就开始发高烧。自从建起蔬菜大棚，他整天跟棚户们在大棚里，那里成了他的家，孩子老人他都没空管，说我没怨言那是假的。但后来，看着大家伙种大棚后，腰包越来越鼓，生活越来越好，我就理解他了，没有什么比看着大家伙都增收更开心的。今年棚里种的哈密瓜和羊角脆都是大丰收，而且价格喜人，每棚收入都在两万元以上。看到大家的笑脸，我们倍感满足。"

目前，北邱温室大棚基地共占地 630 亩，已建成高效集约温室大棚 120 个，每个棚可实现年创收 10 万元。现在的北邱村是远近闻名的富裕村，村民们开上了轿车、住上了楼房，村居环境更是越来越整洁干净，比城里人过得还舒服。邱坤说："现在大家都在说梦想，叫我说，现在的状态就是我的梦想。我们赶上了好时代，惠民政策越来越多，致富能手越来越强，乡亲们的生活也越来越好。新时代下，只要咱们肯甩开膀子扎扎实实地干，想要啥咱就能拼出啥来！"邱坤用自己的实际行动向我们展示了新时代一个普通村党支部书记的新作为，未来，他也将继续带领着大家为实现乡村振兴梦而不懈奋斗……

青春在泥土中闪光

高唐县杨屯镇政府　董　曌

我是一名土生土长的乡村女青年，熟悉农村田间地头的一草一木，熟悉农村的蛙叫蝉鸣和鸡鸣犬吠，农村的质朴深深地吸引着我，让我工作在这里，深深扎根在这片我热爱的土地。我到杨屯镇工作两年多，不仅看到了熟悉的稻田、麦浪，感受到了真切的生机、希望，更遇到了很多温暖的人和事儿。可以说，在这里的每一天，都有一种带着泥土清香的积极力量在感染着我、激励着我、鼓舞着我。可是，如果你们要问我，这种力量到底来自哪里？我却真的无法具体描述出来，也许是身边人的那种全身心的投入和付出，也许是大爷大娘们开心的笑声，也许是大哥大嫂们满足的笑容……

在张大屯村有位“大棚书记”名叫郑焕涛，我对他的了解开始于2016年的夏天。那时，他不但是党支部书记还是家企业老板，由于他为贫困户开设岗位还每季度拿出部分收入补贴村里贫困村民，我作为一名宣传干事去采访过他。当时这位憨厚朴实的带头人就给了我深刻的启发，令我感动。而如今，他为了圆村民的脱贫梦想，毅然关停了经营近 20 年的汽车配件铸造企业，转行与土地打交道，一次性自掏腰包投资 200 多万元，修建了 62 个扶贫蔬菜大棚，带领全村 360 多户居民走上了致富的道路。虽然天天“泡”在蔬菜大棚，忙得团团转，郑焕涛却从没有后悔自己当初的选择，他觉得只要能让村民的腰包鼓起来，虽然累点苦点，但这样的生活很充实，付出很值得。

在李官屯村，我还认识一位老人名叫任希忠，他左臂截肢，行动不便，妻子去世了，儿子在外地打工，独自一人居住，衣衫褴褛，意志消沉，平时就靠捡废品勉强度日。我甚至亲眼看到过他跪在路边向过往路人行讨，我说不出来心里是一种什么感觉，压抑？心酸？心痛？我不知道。后来我与扶贫办工作人员一起给他做工作，希望他能振作起来。我们联系镇上的扶贫企业——麦吉士食品有限公司给他找了一份工作，负责打扫厂内卫生。一个月后，再次见到希忠大叔，他正在家里观看党的十九大闭幕式，看到我来，与以往每次的郁郁寡欢不同，老人竟异常的兴奋，主动与我交流起来。他激动地说：“这几年多亏了党和政府，让俺这把岁数了也能跟着大家一起奔小康，感谢党感谢政府。真的，俺现在觉得生活特别有奔头！”我走出院子，抬头看到危房改造后大门两侧上希忠大叔自己写的对联，“为民解困常接济，政府之恩似亲娘”，对仗虽并不工整，却是老人的心里话。对于一个小学都没读完的六旬老人来说，我不知道要花费多长的时间和精力才能写出如此干净端秀的字体，但我深深地感受到了老人对党的衷情和对未来美好新生活的期待、向往。

三年前，21 周岁的我在农村扎下了根，如今，心里盛满了自豪、感动与期待。我自豪于中国共产党所赋予每一个人的善良、无私与希望，我感动于我们的小康社会将会是不让一个人掉队的全面小康，我期待于新时代下百姓生活将更加富足、美好。

比起老一辈经历的生活沧桑，生活在这个伟大的新时代，我们青年一代是幸运的。青年兴则国家兴，青年强则国家强。青年一代有理想有本领有担当，国家就有前途，民族就有希望。党十九大的胜利召开吹响了全面建成小康社会决胜战的号角，作为服务基层的乡村青年，我们整装待发，奋勇前行，让青春无悔！

不尽拳拳垄上情

高唐县三十里铺镇宣传办公室　邱　琦

“党的十九大报告指出，要实施乡村振兴战略，今后我们国家将会出台更多的惠农政策，也会有越来越多的资金支持咱们农村发展，咱们的生活会越来越好。”说这段话的就是党的十八大、十九大代表，高唐县农业局副局长、高级农艺师杜立芝，这是她在尹集镇的一个蔬菜大棚里，一边为农民指导农业技术，一边在宣讲党的十九大精神。听了这些话，种植户们致富的信心更足了。党的十九大召开后，杜立芝在进大棚的时候，又多了一个任务，那就是将党的十九大精神宣传下去，把党的惠农政策传递给基层群众。

作为一名基层的宣传工作者，幸运的是，我有机会采访到杜立芝，亲身感受她的爱农情怀，聆听她对党的政策的解读。在一次次的采访中，她的事迹深深地打动着我，感染着我，我想把她的故事讲给更多的人听，让更多的人感受她传递给我们的正能量。

那是2006年的夏天，凌晨四点，睡梦中的杜立芝被一阵急促的电话铃声吵醒。打电话的是我县清平镇小屯村的一个菜农。“不好了，杜站长，我种的菜椒死棵严重，如果不能控制住，我今年又白忙活了。您可要帮帮我呀？”听着那头焦急无助的声音，杜立芝赶忙安慰：“你别着急，我立马赶过去。”说完，挂了电话，她就急忙赶到菜农家里，给他指出了菜椒疫病的防治方法。

参加工作以来，杜立芝的电话从来都是一天24小时开机，随时接听农民朋友的电话。有人说，你把自己看得太重要了吧，离了你，人家的问题还没办法解决了？杜立芝却说，不是我把自己看得重，是我把老百姓对我的这份信任看得重。

前年冬天，约定好两星期后要到清平镇刘庄村给村民搞技术培训，然而距离约定时间一个星期左右，杜立芝突发急病，做了手术，身体极度虚弱。但是她没有忘记自己对农民朋友的承诺，家人和朋友都劝她不要去，医生更是警告她需要休息，但她依然拖着虚弱的身体赶到了培训现场，为村民们进行讲解。虽然她从未向村民透露病情，但细心的人们还是看出她脸色苍白、精神不佳，立刻给杜立芝搬来凳子，扶着她坐下，而这也是杜立芝唯一一次坐着讲课！

正是她把农民当朋友、当亲人，才换来了庄稼的丰收和群众的信任。2002年，杜立芝收到一份特殊的礼物，是尹集镇大棚户王振广送来8个红南瓜，一字排开的南瓜上刻着几个字：“祝杜站长天天快乐。”字是王振广在两个月前南瓜刚挂果时刻上的，随着南瓜长了两个多月。农民们往往用最朴素的方式表达着对杜立芝的感激。2012年11月，杜立芝进京参加党的十八大的前一天，村民马山龙得知杜立芝要去开会，他冒着大风骑着自行车赶到县农业局，代表全村乡亲为杜立芝送行，他从厚厚的棉袄中掏出乡亲们凑的500元钱，非让杜立芝当进京的路费。杜立芝动情地说：“这钱我不能收，但是乡亲们的心意我收下了，这些心意更加珍贵，是多少金钱都买不到的。”

前几年有个电视剧《士兵突击》，挺火，里面的主角叫许三多，村民也戏称杜立芝有三多，那就是身上的汗多、土多、虫子多。早上 8 点多出发，跑 3 个乡镇，走过 9 个村，进 20 多个大棚，行程 200 多里路，而这只是杜立芝最普通一天的行程。30 多年来，她不断地往田间地头跑，骑坏过 3 辆自行车、2 辆摩托车，跑遍了全县 600 多个自然村，行程 2 万多公里。从普通技术员到蔬菜站站长、农技站站长，再到农业局副局长，职位变了，但始终不变的是杜立芝对老百姓的感情。百姓对她打心底里感到亲切，问她：“你风里来雨里去地为俺农民服务，你图什么啊？”杜立芝回答得干脆：“我生在农村，长在农村，工作又和农民相关，能为农民办点实事，我心里踏实。”

如果说一个技术人员是乡村振兴的一个火种，一个技术团队就是乡村振兴的一团火焰。在杜立芝的感召下，越来越多的年轻人，加入了杜立芝的科技服务团队，杜立芝正带领她的“杜立芝科技服务团队”将乡村振兴之火越燃越旺。杜立芝总是通过自身经历的一些故事告诉团队成员，要想给农民一滴水，自己必须有一杯水。现代农业的要求日新月异，我们千万不能满足于当前取得的成绩，服务永远在路上，学习也永远在路上。在这种氛围下，大家比学赶超的劲头非常足，而杜立芝科技服务团队也成了全县 30 多支党员服务队中的标兵队伍。

杜立芝有个梦，那就是到 2050 年，农村的生态环境比城市还要好，农民居住条件和城里人一样干净卫生。而农民也将会是一个好职业，坐在办公室里就能查看大棚的情况，能远程遥控无人机防治病虫害，而农产品质量会更好，农民的收入也会更高。

杜立芝的梦也是我们所有心系农村、心系农民的人的梦。只要我们像杜立芝一样把心贴在农民心上，把事干在农民的田间地头，在田垄之间，脚踏泥泞，俯首躬行，农民就会富起来，农业就会强起来，农村就会美起来，到时，杜立芝的梦就会实现！我们的乡村振兴之梦就会实现！

唱支歌儿给党听

聊城经济技术开发区北城街道办事处秦庄村　黄怀琴

我是黄怀琴，今年69岁，是一名有着42年党龄的共产党员。今天我给大家讲讲我的故事。

选择：从黑龙江到山东，组织邀我回农村老家发挥余热。时光荏苒，岁月匆匆，已经退休的我时常会忆起儿时熟悉的场景：冬日的黄昏里，我与几个村庄的孩子穿着邋遢的大棉袄，手里举着干树枝，一起出演《智取威虎山》片段，我扮演大英雄杨子荣，从那时起，文艺便在我心里扎了根，生了芽。毕业后当了兵，在部队参加了业余演唱组，与当地的农民、工人、兄弟部队搞联欢活动。复员回到地方，先后从事党委宣传部和工会委员会工作，负责抓党员教育、干部培训和群众文化工作，我所在的单位被文化部授予“全国先进文化集体”荣誉称号，我所在的工会组织也被中华全国总工会命名为“全国模范职工之家”。2014年，一次偶然的机会，我回到老家秦庄村探亲，党支部书记黄学江找到我，请我回来把村里的文化活动搞起来。说实话，虽然有过继续从事群众文化工作的想法，但离开自己工作几十年的地方回到陌生的秦庄村，还真是得需要一些勇气。可是，当我看到一心带领村民搞生产、抓扶贫的村委干部们那股子韧劲，我竟然不顾老伴的反对，毫不犹豫地选择了回归家乡发挥余热。

问题：村民文化生活贫乏，鸡毛蒜皮矛盾频发。深入村民生活当中我才发现，村民的精神文化生活比较贫乏，信仰危机日益凸显：一些人整日浑浑噩噩，打麻将成了消磨时间的主要形式，已然失去了生活方向；一些人由于一直向“钱”看，见财起意，不惜违背村规民约，置集体利益于不顾；甚至还有一部分人寄希望于邪教组织，将自己和家人置于万劫不复之地……而最让我痛心的一件事，村里有兄弟两人，为了争夺老母亲唯一的老院子，将 90 岁的母亲撵出家门，兄弟二人还为了领取老母亲的高龄补贴而反目成仇。如此种种，让我这个老党员看在眼里，急在心里。党的十九大指出，要“加强思想道德建设。人民有信仰，国家有力量，民族有希望”。宣传新思想，传播正能量，把村民的思想集中到新时代全面建成小康社会的正确轨道上来，开展群众文化活动迫在眉睫，说干就干！

解决：组建文艺宣传队，得到群众和政府的支持。我从简单易学的大秧歌开始教起，村民们的参与热情一下子就提升起来，短短三个月时间，半个村庄的人都参与到文艺活动中来了。可是，以我几十年的工作经验，想保持文艺活动的持久生命力，必须要有组织、有纪律、有节目、有创新。经过一段时间紧锣密鼓的筹划，文艺宣传队正式成立。根据村民们的兴趣特长，宣传队分成锣鼓队、秧歌队、广场舞队。为了将文艺宣传发扬光大，宣传队制定了“团结、协作、服务、娱乐”的八字方针。2015 年 7 月 1 日，秦庄村文艺宣传队第一次组织“庆七一”大型文艺演出。没有场地，我们就设在村委大院的空地上；没有道具，我们就用家里的农具充当；没有舞台，我们就用红色的尼龙袋子当演出背景……那天，乡亲们欢欢喜喜挤满了整个村委大院来看演出，有的蹲在地上看，有的爬到对面屋顶上看，还有的索性站在三轮车上看。天气非常炎热，演员们的演出服都湿了，妆也花了，他们演得起劲，乡亲们看得有味。沉寂的秦庄村一下子热闹了起来，有老百姓跟我说“就像过年一样”，那一刻我心里暖融融的，我们把党和政府的温暖送到了老百姓的心坎上。

四年来，我们围绕党的中心工作，自创三句半、诗朗诵、山东柳琴、哑剧小品等20余个节目。宣传十八届五中全会精神的时候我创作了三句半《小康社会定实现》；推行基层法律服务全覆盖时，创作了山东柳琴《法律知识进俺家》和三句半《依法维权最重要》；三八妇女节创作了三句半《妇女顶起半边天》；在创建文明城市时创作了配乐诗朗诵《北城，我可爱的家乡》；全村土地流转创作了三句半《咱村一天天好起来》。党的十九大闭幕后，我们带着自创的节目，代表开发区参加了聊城市“学习宣传十九大精神”文艺汇演。

通过系列文艺活动的开展，活跃了乡村文化氛围，丰富了村民业余文化生活，占领了农村思想阵地。安秀敏同志，过去人称麻将迷，现在告别了麻将桌，成了宣传队的文艺骨干，家庭也更加和睦幸福了。她演唱的豫剧《穆桂英挂帅》选段很有“专业范”。67岁的贫困户黄怀岭说，“共产党领导的路就是让老百姓过好日子的路，我就相信共产党，相信习近平”，他的一番话反映了贫困户思想由认命到认路的发展过程。市委书记徐景颜同志到秦庄村调研时，看到秦庄村文化活动搞得好非常高兴，他说：“秦庄村文艺宣传队传播的是满满的正能量，虽然是个贫困村，但村民的精神不贫困！”

感恩：缺席家庭重大活动，心中诸多愧疚。我老伴对我说：“2014年之前，因为你工作的原因，无法回到家乡照顾老母亲，2014年回到秦庄后，你忙着文艺宣传依然没有时间去照顾老人。”我女儿对我说：“老爸，我妈来青岛帮我照料孩子，你能放下你的文艺宣传，不要再跟老妈两地生活了吗？”村民们说：“你都退休了，不知道享享清福，瞎忙乎什么！”面对质疑，我毅然选择了坚持。如今的秦庄村村容整洁、村风淳朴，村民们说：“文艺宣传活动办得真好，不用出门就能看节目，要是黄怀琴不在，节目肯定搞不起来！”我老伴说：“我知道你要筹备两场七一建党节的文艺汇演，我跟闺女去参加父亲逝世九周年纪念日，你安心忙演出的事吧。”我闺女说：“老爸，您在忙工作的同时，一定要记得按时吃药，老妈跟我在一起您就放心吧。”

新时代绘就新蓝图，新思想引领新征程。四年来，我把对家乡父老的浓浓深情转化为对工作的全部热情，心无旁骛，扎根基层，无论严寒酷暑、春夏秋冬。当我们带着土生土长的文化大餐，深入社区、农村、学校，文化活动发挥的教育作用是显而易见的。今后我要不忘初心、牢记使命，创作更多接地气的文艺节目，用自己的微薄之力贡献社会，把群众文化活动搞得更好。

牵紧手　握紧爱

聊城天涯寻亲协会　郭刚堂

2015年，全国各大院线上映过一部由刘德华主演的电影《失孤》，剧中主人公雷泽宽的原型就是我，我叫郭刚堂。

现实生活中，我曾经也有一个幸福美满的家。1995年的4月4号，儿子出生了，给他起名郭振，小名小六，憧憬孩子将来能让家族振兴，日子和顺。可是1997年9月21号，孩子被人贩子偷走了，也偷走了我们初为父母的幸福、快乐和希望。孩子没了，我疯了似的去找他。这张地图上标红点的地方就是我去过的地方，有的地方我去过不知道有多少次。这些年下来，除了新疆西藏，南到海南岛北到漠河，大约跑了四五十万公里，骑坏了十辆摩托车。风餐露宿，凄风苦雨，但我坚持下来。

曾经有人问我，“老郭，你这一二十年走得那么难，你坚持的理由是什么？”

开始的时候是因为作为父母没有监管好自己的孩子，孩子被偷走了，寻找是一种救赎吧。后来支撑我的是从孩子丢的那一刻起，大家都在关爱、帮助着我，让我失孤而不孤。

我不能忘记刚丢孩子的那十几天，亲朋好友父老乡亲，四五百人自发组成寻子大军，一连一二十天吃住，大家都是自掏腰包，让我无以言谢！

我不能忘记，每次我寻子无果，落寞回家时，我妻子一边帮我解卸行李一边说："没事，咱再找！"

我不能忘记在南京有的志愿者知道我不接受钱财的捐赠，临分别时送我一张加油卡，说："郭大哥，你找孩子，我们不可能时刻陪伴着你左右，但是每当你加油的时候，就是我们江苏人都在为你加油！"

我不能忘记从云南进四川，由于路况不熟，误闯上了高速，行进间被高速大队巡路的姚警官发现，他们追上我，了解情况后，非但没有训斥处罚我，而是开着警车一路护送，一直把我送下高速。临分别时在我的留言本上留下了"车行千里，不忘规矩"的箴言。望着警车渐行渐远，让我明白了警察保民平安，安全第一的真正内涵。

我不能忘记，逢年过节的时候，成千上万的微信、短信发来的鼓励，"郭大哥，加油，我们一起找，下一个回来的就是郭振！"

亲人、朋友的支持，陌生人无私的帮助，潜移默化地引导、感化着我，使我从悲情里走出来，明白了要正视现实，善待自己，将痛苦转化成力量，让拐卖妇女儿童这样的事儿越来越少，让像我一样饱受思亲之痛的家庭，找到他们的亲人，才是对大家最好的回馈和回报。

于是 2012 年我创建了天涯寻亲网，2014 年，在民政部门的大力支持下，成立天涯寻亲志愿者协会，协会不仅帮助被拐卖的妇女儿童，像老年痴呆、健忘、智障、精神疾病等离家人员，也是协会的帮助对象。协会成立以来，通过志愿者的共同努力，给相关部门提供有效信息数千条，帮助几百个家庭找到了他们的亲人！

党的十九大报告中提出，加快社会治安防控体系建设，实现政府治理、社会调节和居民自治良性互动，这也为我们协会的发展提供了动力，指明了方向。

出租车是一个城市的文明窗口，也是城市的眼睛，我们协会推出了一个项目，叫城市之眼，简单说就是让有爱心的出租车师傅们组建一个群，当有求助信息时，在群里推送分享，大家在跑车挣钱的过程中，顺便就可以帮到受助家庭。8 月 9 号，我们接到一位女士的求助电话，说她女儿怄气离家出走，有人看到女孩在建设路和柳园路交叉口打车后不知去向，我们在群里发布相关信息，司机几分钟后就有信息反馈，孩子还没有下车，我们迅速让家长和师傅取得联系，出租车将女孩安全载返！

针对非正常意愿的走失，我们和各地的救助站建立信息对接平台。河南台前宋某，他的亲属找了他 42 天都没有找到，我们接到求助信息发布到救助平台几分钟，茌平站长回信，说她已被救助了，当我们志愿者和她的家人把锦旗送到救助站时，救助站站长对我们说，我们应该共同感谢你们这些志愿者。

2017 年 3 月 7 号，我们接到四川成都一个女孩的求助电话，想找她的父亲。她说自己出生后就被母亲带到成都。她特想找到这份血浓于水的亲情。我们志愿者根据她提供的信息梳理查找，三天时间帮她圆了二十三年的寻亲梦！

最近我们做的工作是天涯寻亲进社区。我们把社区居民以年龄段分成三个群体，55 周岁以上的中老年群体，18 周岁到 55 周岁的成年人群体，18 周岁以下的未成年群体。对于中老年群体，我们统一发放老年定位贴、黄手环。对于成年人，我们普及如何赡养老人以及防走失常识。特别是对于成长期的孩子们，我们已经在全国范围内举办多期“牵紧手　握紧爱”的公益课堂，主要普及儿童成长常识和行为常识。

作为天涯寻亲协会的志愿者，我们不一定都能在第一时间帮受助者找到他们的亲人，但我们会用我们的真诚、专业，让他们在寻亲的路上不孤单。

如今，我每天都在为协会和网站的事忙碌着，感觉特别充实。对于我，铁骑天下是凤凰涅槃，也是浴火重生。一路走来，是社会大家庭的理解、支持和温暖，让我找到了存在的价值和意义，是天涯寻亲让我找到了帮助别人、快乐自己的归属感、幸福感和使命感。在未来的道路上，我将竭尽全力，种桃种李种春风，扬善播绿促和谐，同时，也希望更多的爱心人士能加入天涯寻亲志愿者协会，让我们携起手来，共建共享安定有序的社会格局，让爱回家！

红色基因代代传

聊城经济技术开发区蒋官屯街道办事处　周歆蔚

“山下旌旗在望，山头鼓角相闻。敌军围困万千重，我自岿然不动。早已森严壁垒，更加众志成城。黄洋界上炮声隆，报道敌军宵遁。”初春的井冈山悠远静谧，盘山而上的大巴车里，乘客们都睡了，唯独一个人没睡。她望着窗外的苍竹，口中喃喃着毛主席这首《西江月・井冈山》，眼泪无论如何也止不住了——这个人就是我——我，想我姥爷了。

2018 年 1 月 19 日，因为心脏衰竭而昏迷了三天的姥爷突然恢复了意识：“打……打……”我赶忙趴在他枕边，“打什么？您要打什么？”“打……打鬼子……”我知道，是时候和姥爷道别了——他那不灭的军魂，早已回到了他一生都不能割舍的烽火连天的岁月啊。何以为国家，何以为人民，宁做战死鬼，不做亡国奴。76 年前，在我的家乡莘县苏村，打响了一场抗日阻击战，八路军第一一五师教导第三旅第三营与日伪军展开了殊死搏斗。营长钟铭新腹部受伤，捂着流出的肠子继续战斗；连长黄学友身负重伤后，拉响手榴弹高喊“打倒日本帝国主义”，与敌人同归于尽；姥爷在机枪手倒下后，接过歪把子机枪，站在房顶上向敌人扫射。突然，一颗子弹打穿了他的膝盖，姥爷重重地从房顶上摔下来，从此瘫痪。我曾经为姥爷不值：“你坐了一辈子轮椅，却连军衔、勋章都没有，图个啥啊！”姥爷说：“图啥？井冈山斗争牺牲的烈士48000人，但有32000人连名字都没有留下，更别说军衔和勋章！你说他们又是图个啥？孩儿啊，共产党人从来不图啥，为了国家、为了人民，断头只当风吹帽，负伤如挂大红花——死，比活着更光荣！”

2017年10月18日党的十九大召开，习近平总书记站着做报告，讲了整整三个半小时，而我家这位90多岁的老军人，在轮椅上坐着，听了整整三个半小时。我不知道怎么去形容看到他饱含热泪时我的心情，我只知道因为见证祖国强大而在这个单薄的脊梁下所蕴含着的是不畏强敌、不怕牺牲的强大力量，而这，就是红色基因的力量！

姥爷常常说，现在过上了好日子，但不能忘记好日子是怎么来的。2010年，刚走出校门的哥哥带着姥爷的嘱托和青春的梦想到部队，但现实却泼了他一身冷水。体能考核不优秀，练习射击不及格，10米抓绳用了50秒。“不做菜鸟做兵王！”哥哥暗下决心。战友们练10遍，他就练20遍；战友们跑轻装，他就背沙袋；战友们正常射击，他就在枪管上负重。看着他指甲全部磨秃，脚上全是血泡，我心里特别疼，我问哥哥：“当兵苦吗？”哥哥坚定地摇头：“不苦。习近平总书记说军队是用来打仗的。打仗就要有打仗的样子！”功夫不负有心人，年底结业考核他拿下了1100多分的好成绩！2017年8月，哥哥和战友们前往九寨沟抗震救灾，临行前他发给嫂子一条短信：“我去灾区了，别为我担心。这是我作为军人义不容辞的责任。我没有告诉家里任何人，只告诉你。如果我留在了那里，别哭，我只是换了种方式继续守护国家、守护你。”23天的奋战，他们终于顺利完成了搜救任务。朋友们，这样一支有灵魂有本事有血性有品格的军队，不就是一支流淌着红色血液、在我国强军之路上砥砺前行的军队吗！

习近平总书记在江西视察指导工作时，要求每一名党员干部特别是各级领导干部“逢事想在前面、干在实处，关键时刻坚决顶起自己该顶的那片天”。如今，这把红色基因的传承棒交到了我的手上，我毅然选择了扎根农村这片土地，用自己的方式，用生长在自己心底的真心、正义、无畏让这红色火炬更鲜艳、更炽热。大学生村官这个基层工作并不轻松，甚至很多人都不能理解，说在村里上班不体面、没出息。但是我没有动摇，带领我的村民走上发家致富的道路，让他们跟我们一样过上幸福安定的生活，我觉得自豪，我觉得无悔。

从黑板变化看发展

聊城经济技术开发区东城小学 许 岩

我是一名小学教师，天天跟黑板打交道。小小黑板，其貌不扬，但哺育了一代又一代知识与文化的追寻者，也是我们教育工作者最挚爱的一方沃土。随着时代的发展、科技的进步，电子白板、液晶触摸式一体机等智能式“黑板”早已取代了原来老式的黑板，但作为一名教育者，我仍然忘不了那些老式的黑板，因为它们见证着一代代教师教育理念的变迁，更见证了祖国改革开放 40 多年带给教育的巨大变化。

我的父亲也是一名人民教师，经常跟我讲，在他刚参加工作那会儿，用的是几块木板拼凑后再刷上漆的黑板。这种黑板表面非常粗糙，不仅费粉笔，而且容易裂缝，不好板书。当时那个年代，学校没有多少经费，为了节省开支，老师们便用抹布当黑板擦。上课擦黑板时，老师会拿起抹布轻轻地抹去黑板上的字，然后，到教室外用力一甩，那种壮观的场面，大家可以想象！如此这般上完一节课后，老师的衣服上总是会布满一层白色粉末。当然，除了教师，坐在前排的学生也难逃厄运，一节课下来，书桌上常常落了一层粉笔屑。

1992 年，我初入校园，那一年，国家加大了对学校的投入，村里的小学砌起了围墙，铺了水泥地，树起了旗杆，看着五星红旗迎风飘扬，我的心里感到无比自豪。然而，对于父亲来说，最重要的事情就是教室里换上了水泥黑板。相对木质黑板来说，水泥黑板不容易损坏，表面也光滑了，老师写字的时候容易了很多。但是学生面临的最大问题，是两侧出现的反光现象，坐在教室两侧的学生，特别是前两排的同学，要想看清黑板上的字，只能侧着身子，很不方便。

2007 年，随着城镇化进程的加快，村里的小学撤并到镇一小。走进新教室，父亲欣慰地发现了墙上的钢化玻璃黑板，这种黑板由三块钢化玻璃组成，装在墙上，显得十分气派。这种黑板不容易反光，使人在各个角度都能看清楚上面的字迹。但是擦黑板的时候，粉尘仍会弥漫，直往人鼻孔里钻，让人有点喘不过气来。后来，学校里的黑板又更换成了金属黑板，而且黑板的颜色采用了墨绿色，视觉效果好，父亲说，他至今还记得第一次使用金属黑板上课的感觉，那真是一种快乐、一种享受。

相对于父亲来说，我是幸运的，因为我赶上了一个好的时代。2016 年底，我顺利考入聊城经济技术开发区东城小学，此时的学校早已今非昔比。走进校园，一处处美丽的风景尽收眼底，郁郁葱葱的树木，绿茵茵的草坪，让人们不由徜徉在花的世界、绿的海洋，整个校园别致秀气，活力迸发，一草一木都显现出育人功能。教室里的黑板全都是液晶触摸式一体机，我们可以用手指直接在液晶屏上写板书，代替了传统的粉笔。液晶触摸式一体机最大的优点，就是可以把一些课件用放映的形式展示出来。比如，语文老师在教授老舍先生的《草原》这篇课文时，利用一体机播放草原上碧草、蓝天、羊儿跑的风光片，并伴以音乐《美丽的草原我的家》，画面与音乐美妙融合，让学生沉醉在如诗如画的境界中，直接激发了学生热爱草原和草原人民的情感，以往的板书是无法达到这样的效果的。

一滴水能折射出太阳的光辉，一块黑板能反映出教育的发展。小小的黑板，从木制板到水泥黑板，从金属板再到液晶触摸式一体机，记录了时代发展的轨迹，见证了祖国40年来改革开放带来的巨大变化。它的每一次变迁，都澎湃着改革创新的激情；它的每一次变迁，都在向着更高、更强、更伟大的中国梦前进！

乡村振兴我奉献

聊城经济技术开发区广平乡政府　杨童瑶

我叫杨童瑶，曾经是广平乡南周村的一名大学生村官，如今是广平乡政府的一名基层工作者，具体负责党政办、宣传办工作，还是一名包村干部。虽然身兼数职，平时工作很忙，压力很大，但四年的基层工作经历，让我深深地爱上了这片土地，为见证着它一天天的变化与发展感到自豪和骄傲。

说起广平乡，相信在座的各位都有所耳闻。“聊茌东”大三角的建设将广平乡推向了发展的前沿阵地，济聊一级路和黑龙江路的开通，拉近了我们与城市中心的时空距离。广平乡以前隶属茌平县，由于地理位置偏远，贫穷落后一直是当时广平乡的代名词。然而，机遇垂青、瞬息万变，2010 年广平乡被划归聊城开发区管辖，时光荏苒，一眨眼已有近八年的时间了。八年的迎难而上、砥砺前行，八年的凝心聚力、不辱使命，如今的广平乡犹如凤凰涅槃、破茧重生，可谓是一天一个样儿，天天都有新气象。特别是党的十九大提出乡村振兴战略，将促进农业农村发展提上了前所未有的高度，更是为广平乡这个农业乡镇插上了腾飞的翅膀，擘画出新时代美丽乡村建设的美好蓝图。今天，请允许我用两个关键词，以小见大，带领大家和我共同见证广平乡所发生的天翻地覆的变化，和我共同感受广平乡奋进新时代、阔步新征程的铿锵足音。

第一个关键词：道路。道路的变化对每一个广平人来讲，都是最直接、最富有冲击力的。2014 年 7 月 30 日，是我毕业后踏上工作岗位的第一天，当天，刚刚下过一场大雨，再加上年久失修，道路坑洼不平、泥水遍地。对于我这个初次造访者，由于不熟悉路况，坐在前行的车里如同飘移一般，忽上忽下，忽左忽右，那滋味儿真叫一个酸爽，也让入职纪念日更加难忘。乡级道路如此，村级道路就更不用说了。武成庄村是位于广平乡西北角的一个小村庄，素有广平乡“小西藏”的美誉。这个“美誉”可是要加引号的。武成庄村是重点扶持的省定贫困村，位置偏远、交通闭塞不说，村里村外全是土路，用“晴天一身灰，雨天一脚泥”形容一点都不过分，村里甚至连个像样的办公场所都没有。有一个细节，至今我都清晰地记得，2014 年村“两委”换届的时候，大冬天村民们都挤在党支部书记家中的院子里，连唱票都是用粉笔在墙上画出一个又一个的“正”字，其生产生活条件之差不言而喻。但从 2015 年扶贫工作开展以来，在第一书记和区乡村三级干部的共同努力下，武成庄村迎来了发展的春天，可谓今非昔比、完美逆袭。泥泞的道路被笔直平坦的水泥路所覆盖，宽敞明亮的砖瓦房鳞次栉比，一排排光伏发电项目耀眼夺目，高标准大队部赫然矗立，近 1000 平方米的文化广场和百姓大舞台的建设更是大大丰富了村民的精神文化生活……并荣获“省级健康示范村”“党建示范村”称号。2017 年春节前夕，我们挨家挨户给贫困户送过节慰问品时，70 岁的武存孟大爷激动不已，他颤抖着双手写下一副对联，表达了他内心的感恩与感动，上联是“坚定信念跟党走”，下联是“脱贫致富奔小康”，横批是“铭记党恩”。

以武成庄村为缩影，近几年来，广平乡在开发区党工委、管委会的坚强领导和大力支持下，彻底改变了原来农村公路“破旧老慢”现象，在全乡外围有黑龙江路、济聊一级路横贯东西，新东外环路将纵贯南北；在乡村内部，一条条纵横交错的水泥路连接着千家万户，基本实现了“村村牵玉带，户户通坦途”。可以说，“公路 +”为我们广平乡铺就了一条通往乡村振兴的康庄大道。

第二个关键词：精气神儿。习近平总书记强调，乡村振兴，既要塑形，也要铸魂。文化就是乡村振兴的“魂”。一提到丰富多彩的精神文化生活，广平乡是最有的说了。“大家都到齐了吗？乐器都带好了吗？……好，出发！”这是广平乡西街村文艺爱好者李秋平，又一次在召唤她的“农家班”赶赴 2 公里外的广平文化广场演出。从 2015 年春天起，3 年来，每逢周六周日下午，在一干渠河坝、广平文化广场、乡文化站大院里，人们常常能看到这支民间艺术团敲锣打鼓、引吭高歌，好一派热闹景象！不仅如此，我们乡也会在春节、元宵节、国庆节等重要时间节点举办文艺活动，每年大型文艺会演不下 20 余场，高质量的演出总是能吸引大批村民前来观赏。今年 68 岁的贾怀聪大爷这样说道：“以前，大家伙儿一有空闲就是打牌、打麻将，因为这个闹起来的矛盾可不少。现在可不一样了，村民们没事就喜欢往文化广场钻，各式各样的文艺活动，让大家的生活变得有滋有味，邻里关系也更和谐了。”的确，丰富的精神文化生活不仅拉近了大家伙儿之间的距离，更让乡风文明蔚然成风。为了唱好戏，还要搭好台。这几年，广平乡建文化站、修广场、搭舞台、添音响等，积极为乡村文化振兴保驾护航。

众所周知，经济基础决定上层建筑，精神上的愉悦建立在富足的物质生活条件之上。动听的歌声、浑厚的鼓声、欢快的脚步声、极富感染力的欢笑声一次又一次回荡在广平乡村上空，让我们真实感受到，老百姓在生活水平不断提高的同时，幸福感也在一路攀升。

然而，幸运的是，在“道路”和“精气神儿”这两个关键词的故事里，都蕴藏着一个小小的我。作为一个包村干部同时又负责宣传工作的我，可以说是这场乡村振兴的亲历者、见证者，同时又是建设者、奋斗者。但我还想做一个传播者、歌颂者，用我的见闻、我的感受告诉大家，千千万万个美丽乡村正向我们大步走来，一座座幸福小镇、生态小镇呼之欲出。让我们大家携起手来，满怀豪情、坚定信念，为了这个新时代、新梦想、新征程共同努力。我坚信，乡村振兴蓝图既绘，必将幸福渐进、美好可期。

笨小米迎来新时代

聊城高新技术产业开发区行政执法局　王之荣

2014 年国庆节，我突然接到妹妹的电话，“哥！您快来俺家一趟吧！俺的日子没法过了！”电话那头她格外着急，怕是家里出了什么事，我放下电话就火急火燎地向妹妹家赶去。敲开门，只见她双眼红肿，脸上还挂泪，妹夫坐在那里闷着头抽烟也不说话，家里一片狼藉。一问才得知，妹妹家的公司破产了。她很无助，“哥！俺以后可咋办？”我不能给出一个让妹妹满意的答案，只能安慰她：“别怕！有哥呢！总能想出办法的。”

虽然以前妹妹生活优越，但她很快放下架子，做店员、摆地摊、开出租、干微店……虽能满足日常开销，但要想翻身却很难。就在那时，国家提出了“创新协调绿色开放共享”的新发展理念，我这个做基层宣传工作的哥哥，建议妹妹学习领会中央的政策，只有跟着时代走日子才能有奔头，打工再好，也不如自己创业。妹妹经过多方考察，做出一个大胆的决定："哥，现在生活好了，大家吃得越来越讲究，不仅要吃饱还要吃好。我想去种传统的笨小米卖。"可家人们都不看好也不支持，俺爸说："我种了一辈子的地，也没攒下钱。你小时候为了不种地，努力读书上大学。现在却要再回农村种小米？你可要考虑清楚。"妹夫听了也发火："我有一身力气，难道还养活不了你和孩子？瞎折腾啥呀！"可妹妹却认准了她的理："现在只要有条件，谁不愿吃没有化肥农药的健康食品呀？行了！你们都别劝了，就这么定了！"就这样我这个执拗的妹妹一个人去了小米之乡冠县苇园，几经周折，最终在那里盘下五亩地，种起了当地的笨谷子。她不施农药、化肥，碾压加工不用色素、添加剂，一心只想要种出让人们吃得放心的笨小米。

小米丰收了，妹妹脸上终于露出了甜甜的笑，可理想和现实总有很大的差距。由于租赁土地、雇工、管理成本比普通小米种植高出一倍还多，而且笨小米定价就比普通小米高很多，加上产量较低，卖相不好，大家对笨小米又不了解，以至别人家小米都卖完了，她还没开张。妹妹急得眼泪都掉出来了，在电话中直对我喊："哥，怎么办？"我说："别泄气，小米卖不出去我们就免费送。"送亲戚、送朋友，她还送给母校济南大学的老师，让人们亲口尝，尝出小米的优势和销路。不久老师给妹妹打来电话说："你家小米真不错！又黏又香，有我小时候奶奶熬的小米粥的味道。"老师还一再强调："一定要坚持把这件有意义的事做下去，我支持你！我通过朋友圈已分享给全国校友了。"就这样，在大家的帮助下，妹妹的笨小米渐渐得到认可。

可要想真正推向市场并不容易。台州椒江区有家电商公司 2016 年找到妹妹，非常认可笨小米的品质，邀请妹妹去台州洽谈合作，承诺每年可以销售 10 万斤以上。妹妹喜出望外地飞到台州，合作的条件是妹妹需要缴纳平台入驻费用 36000 元。签订合同后，迟迟没有订单。两个月过去了，那家公司跑路了。那笔入驻费可是妹妹当时全部的积蓄，种出来的小米需要打开市场卖出去，妹妹雪上加霜，她快要被逼疯了。怎么办？新时代人们对美好生活的需要正推动经济由高速发展向高质量发展的转变，妹妹做得对呀！我也豁出去了，和爱人商量后，狠狠心卖掉了家里唯一值钱的大件——那辆我开了七年的桑塔纳，钱全给了妹妹。我鼓励她："你放开干，哥永远都是你的后盾。"妹妹含着泪花坚定地点了点头。

有个云南订单，由于路途遥远，快递过程中封口处漏了米，本来10斤的小米成了5斤。客户非常不满意，打来电话还嚷了起来，又嫌卖相差，又嫌淘洗费力。妹妹耐心解释，因为传统碾压，未经过任何化学工艺处理，才保持了小米本色原味，保证了营养成分不流失。她还真诚地给人家说："咱们小米虽然不漂亮，品质却能保证。放心吧，我马上给您再补10斤。"客户最终被笨小米的良好品质打动，还鼓励妹妹成立农产品公司，她做笨小米昆明代理商。

党的"三农"政策让妹妹这样的新时代农民得到了更多的实惠，小米基地也逐渐扩大到20亩、100亩、300亩。党的十九大党中央又提出了乡村振兴战略，妹妹的干劲儿更足了。为使小米品质更上一层楼，她又去平阴玫瑰镇发展了成长周期更长、品质更好的春谷子笨小米。目前妹妹又迎来了海口、深圳、上海、杭州、天津等多地代理商，其中还包括海外回国的朋友，订单已经超出了十万斤！笨小米在国内慢慢打开局面，甚至还卖到了北欧的丹麦。

妹妹跟我说："哥！国家要实现民族复兴的中国梦，我也要实现我的梦——让更多朋友吃到我们笨小米，让更多农民朋友分享到我们的发展红利。"去年年底妹妹不但还清了之前所有债务，还成立了山东沛霖农产品有限公司，并成功申请了"沛霖润梓"商标，笨小米真正迎来了她的新时代。

我们伟大的祖国已经迎来了从富起来到强起来的伟大飞跃，已经进入了高质量发展的时代。未来的农业将会成为有奔头的产业，未来的农村也将成为安居乐业的美丽家园，未来的农民也必将成为有吸引力的职业。新时代已经涌现出更多像妹妹这样的职业农民，我为妹妹骄傲，为新时代农民点赞！

“小挎包”装着“大理想”

聊城高新技术产业开发区宣传办　杨劲松

高新区“红色挎包宣传队”成立于党的十九大之后，是紧跟新时代宣讲而逐渐壮大的一支基层宣传队。这支宣传队的队员的“标配”就是每人一只朴素的军绿色“红色挎包”，为什么叫红色呢？因为红色是我们的党旗色和国旗色，更凸显了一种炽热的国家情怀，凝聚于红色旗帜下的这支宣传队，就应该叫“红色”！这是一只普通的挎包，但这绝不是一只简单的挎包，精心选取了军服朴素的绿色，印有醒目的党徽，以毛体字书就“红色”二字，寓意这是一支党领导下承担重要战斗任务的宣传队！这个小小的挎包，可谓是我们宣传队员的百宝箱，不仅装着党章、党的十九大报告等重要的党建资料，而且还装有非常便携的微型投影仪和小型音响，可谓小挎包内藏大乾坤，方便又实用！

新时代的宣传队员中有普通的机关干部，有带领村民脱贫致富的优秀村党支部书记，有在企业生产线上做出创新的一线劳动者，有满怀热情的青年志愿者，同样还有许许多多的普通市民。首先介绍一位宣传系统的优秀队员，她叫石倩，韩集乡宣传委员，十年的基层工作磨去的是青春的浮躁，不变的是理想的坚守，从第一次走进基层单位的迷茫，到熟悉业务工作后的喜悦，再到今天对农村工作的热爱。她多次上门帮助贫困户脱贫奔小康，用母爱鼓励孤儿勇敢前行，用陪伴照亮孤寡老人的心扉。她用“四爱”对自己做了最美的诠释：政策宣传爱动嘴，家长里短爱跑腿，扶贫帮困爱操心，胸怀梦想爱“臭美”！慷慨激昂的理论宣讲，娓娓道来的情感奉献，展示了新时代宣传队员的青春风采。

再给大家介绍一位宣传队员的基层表率，草庙杨村党支部书记韩秀芳。58 岁的韩秀芳从 1994 年担任村干部以来，一干就是 24 个年头。她担任村里的党支部书记之后，发现村里沟渠多年没有清淤，破烂不堪，导致上千亩农田旱不能浇、涝不能排，地里的收成上不去，老百姓议论纷纷。韩秀芳听到村民的议论心里很不是滋味，她下定决心，要彻底解决村里的沟渠问题。兵马未动粮草先行，干这些事情都离不开真金白银呀。村里没资金，她就召集村干部凑钱，有的村干部一听就急了，当干部一分钱都没见到，先从家里往外贴钱，谁也不肯干这种傻事！韩秀芳就苦口婆心地一一做工作：“既然村民选咱当干部，就是信得过咱们，现在是庄乡爷们最需要咱们的时候。这钱算我借大家的，年底我自己从家里拿钱也会还给大家。”就这样，五个人凑了一万元，剩下的一万她自己垫上，顺利地将沟渠挖通，达到了旱能浇，涝能排，当年小麦亩产 1300 多斤，与往年相比每亩多收入 200 多斤。地里的收成好了，老百姓的腰包鼓了，大家伙纷纷竖起大拇指，这才是村民的好支书。石倩和韩秀芳被授予高新区红色挎包宣传队“最美队员”的荣誉称号。

也许我们没有惊天动地的丰功伟绩，但我们的梦想就是把党的最新理论和政策传递到每一个群众身边。村“两委”换届期间，以“双联共建”工作为契机，充分发挥宣传队的先锋宣传作用，组织队员进村宣传。

许营镇的郑庆杰是一名宣传干事，戴着眼镜，略显瘦弱的身体每天坚持挎着挎包走村入户，讲解换届政策和法律法规，早晨出发的时候鼓鼓囊囊的挎包里装满了“明白纸”，不到半天就变成了空包。他将换届纪律、部署要求为群众讲深讲透，村居、农户、田间、地头、大棚里，到处都有他挥洒的汗水。大爷大妈们都说：“小郑讲的都是大实话、明白话，俺能听得懂，绝对按照国家政策办。”正是宣传队里许许多多像郑庆杰一样的普通队员的宣传，有力保障了村“两委”换届工作圆满完成。

宣传队走进基层，不是板着面孔的说教，而是通过多种文艺形式丰富多彩地展现，小品、快板、歌舞……用群众喜闻乐见的形式不断延伸新时代新精神的广度和深度，结合群众关心关注的热点问题开展宣讲，有的放矢。用小切口呈现大主题，用小故事讲清大道理，让群众听得懂、能领会，使党的思想、路线、方针深入人心，润物细无声。70多岁的叶泗常老人，是宣传队里年龄最大的队员，他是国家非物质文化遗产——木板大鼓的传承人，自从加入宣传队后，通过编唱党的好政策、家乡好人好事，用板腔分明、韵味悠扬的叶氏木板大鼓唱出了新时代一个普通老百姓的心声，也唱响了家乡好声音。

“与新时代同步，与老百姓同行。”我的国，愿您每时每刻都记下我们的诺言。红色挎包宣传队诞生于党的十九大，发展于新时代，每一步都酝酿着希望。既装得下伟大理想，又装得下温暖民生；新时代的宣传路上我们上下一心，团结一致，锐意进取，攻坚克难；为党做好宣传、为民送去服务，始终不忘初心、牢记使命，宣传队的新时代属于你我的共同努力！

我的工作日记

聊城高新技术产业开发区韩集乡　石　倩

燕子去了，有再来的时候，桃花谢了，有再开的时候，可是时间呢，它又去哪儿了？我在基层工作10年，又在这一去不复返的时间里做了什么？也许这本日记能够证明我的价值。没有豪言壮语，没有激情澎湃，只是我在农村工作中碰见的那些人、那些事，和我当时的那些心情。

2016年7月13日

写完日记我必须好好睡一觉了，这两天过得真是心惊胆战，基层干部真难，能说能写，能忍能舍。就说陈大娘的事吧，同事都劝我不用那么上心，可大娘那泪水让我心酸，不管不行！别看我长得温柔，小脾气也是有的。原来是大娘和儿媳妇关系不好，村干部说这个矛盾已经20多年，也没啥大事，就是当初分家的时候老太太把河坝上的几棵大杨树分给了姑娘，从此儿媳就和大娘不搭腔了。我就咨询村干部怎样处理，还没等我说完，村干部就打断了我，“哎呀，别操心这事了，这么多年了都管不了。”那不行，得想个办法，我琢磨了一星期，研究心理学，咨询朋友圈，后来我向村里计生主任打听这位媳妇有什么特点或者是爱好，计生主任脱口而出：“财迷。”财迷！这可能还好办了。我就和村干部商量，打算在村里办一场最美家庭表彰大会，对典型代表不仅当着全村人的面进行表彰，还发 200 块钱的奖金。我让计生主任去家里通知这位不孝顺的媳妇，说她是代表之一。一开始她有点推辞，后来一听说有钱，就痛快答应了。答应是答应了，去不去咱心里也没底啊，我一晚上没睡着。第二天早上 6 点钟，我就打开大喇叭营造气氛，7 点 50 左右其他人基本都来齐了，只是大姐还没来，我真是捏了一把汗。我硬着头皮在大喇叭上又喊了一遍：“注意了，注意了啊，我们的表彰大会还有十分钟正式开始，昨晚通知的代表到不了我们不等了，咱把奖金发给别人了。”等吧，这十分钟我真是度秒如年，记得数到 156 只羊的时候她来了，我心里的石头总算落了地。

大会上，首先是对几位真孝顺的好媳妇进行表彰，下面掌声热烈。最后我们敲锣打鼓地请她上台，说她能理解婆婆拉扯丈夫的不容易，对婆婆敬重有加，结婚十几年没跟婆婆红过脸，给婆婆买吃的买穿的，像对自己的亲娘一样。下面那是唏嘘声一片，指指点点，她在台上也是坐不住，脸上红一阵白一阵，一个劲儿地问是不是找错人了，我趴在她耳朵上说：“大姐你能行！”说完给她戴上大红花，把奖金塞到她手里。她给大家鞠了一躬，慌慌张张跑回家了。该做的都做了，有没有效果还是没把握，我又是一个晚上没睡着。真是想什么来什么，第二天早上还没上班，村支书就打来电话，说那位大姐的婆婆非得让我接电话，我听着电话那头老太太说：“闺女救救俺，俺媳妇想毒死俺。”我心里乱了，没底了，怎么回事？是不是自己做得太过了，她又把气撒到婆婆身上了。

我飞奔到大娘家，一看儿媳妇端着一碗炝锅面条，上面还有两个荷包蛋，正在让老太太吃。老太太自打媳妇进门十几年没见过这架势啊，非得说是儿媳妇报复她。我一看明白了，赶紧接过面条，自己先吃了一口。我说："大娘你看，没毒吧，以后大姐天天这样对您。"大姐"扑通"跪到地上，给婆婆磕了三个头，这娘俩抱在一起很痛快地哭了起来。打那以后大姐真改了，真成了孝敬的好媳妇，为人处事也发生了很大改变，就连整个村风都发生了变化。村里的百姓不再比钱多钱少、房大房小，就比家和不和、孩子孝不孝。现在我和大姐也成了好朋友，每次新农村新生活培训，我都让大姐现身说法，讲讲好家风带给自己的变化。

就在上个月她到单位去找我，还悄悄递给我一个小盒子，她说："真是谢谢你啊大妹妹，俺这日子越来越好了，俺小也快结婚了，家和万事兴啊。我花 15 块钱买了个镯子，都说你们不能收礼，可我真心想谢谢你，你可一定要收下。"我收下了那个镯子，今天我也带来了，我想戴着它继续为百姓操心，为人民服务。

2018 年 2 月 16 日

今天是大年初一，我选择今天值班是有私心的，我想给帮扶的贫困户拜年。刚走到后姜村孙洪春的家门口，他就兴奋地邀请我欣赏他家的对联，"五千年惠政利民，家家乐业安居，神州织锦；十九大春风圆梦，处处张灯结彩，大地飞歌"。听他讲，前几年祖孙三代一家六口住在祖上留下的不到 70 平方米的泥坯房里，晴天不挡风，雨天不遮雨，自己最大的梦想就是盖起一栋新房子，说着眼里掉下了几滴泪，等他再次抬起头来，我看到的是微笑："真庆幸自己赶上了这个新时代，看病有新农合，月月都有养老金，就连我们后姜村的扶贫大棚每个季度都分红，政府还给了危房改造的补贴，年前又送来了新家具，我们的好日子就这样做梦般地实现了。尤其是这个乡村振兴战略，把俺村建设得跟画一样，感谢党感谢政府啊。”

今天我站在这个舞台就是带着百姓的使命，他们让我感谢您告诉您：“农村的日子好过了，过好了！谢谢您！”

2018年5月14日

今天和对象吵架了，应该是对象吵我了，上午在村里做了宣讲，晚上在广场又搞了“非遗”晚会，等我回到家已经是晚上12点多了，他嫌我加班多，平时加班也就算了，晚上回家那么晚，不放心。还嫌我太抠，平时舍不得给他买衣服，给贫困户捐钱的时候却不眨眼。哈哈，老公，你这算对我变相的夸奖吗，要是领导知道了，会给我一个大大的赞。老公请你理解我，不是有一句话吗，“女子本弱，为母则刚”，我把它改成了“女子本弱，入基层则刚”。因为我是一名基层干部，我离百姓最近，和百姓感情最深，只有把百姓的事当作爹娘的事，当作兄弟姐妹的事，百姓才能把我当回事。现在大家都亲切地喊我美女领导，其实咱心里有数，长得只能算凑合，不能算美，百姓说我美女是对我工作的认可。奋斗的青春最美丽，我会继续努力，做新时代的好干部。

日子在继续，日记在继续，百姓的幸福也会继续，这些只是我泛黄日记本上的一个缩影。时间会带走我的青春，但是永远不会改变我的初心。最后借用瑞典学者林耐的一句话表达我的心情：“假如我有一些能力的话，我有义务把她奉献给我的家乡和人民，纵然我只能尽绵薄之力，我也会热血沸腾！”

党性，在沃土里扎根

聊城江北水城旅游度假区文明办　赵　明

说起党员提起奉献，我脑海里就会闪现这样一个背影，高大魁梧的身材、黝黑发亮的皮肤、斑斑汗渍的衣服、铿锵有力的声音。没错，这就是我无数次下村采访看到的党员干部的整体形象。当然，这个形象并不是那么“好看”，但正是这个庞大的群体，他们默默无闻、兢兢业业，为了农村的发展和稳定，为了农民的幸福和安康而不懈努力。

在我们度假区朱老庄镇有个辛十李村，用陶渊明笔下的土地平旷、屋舍俨然、男女老少怡然自乐的世外桃源来形容它一点都不为过。4500米的混凝土道路笔直宽敞，个大味甜的脆梨采摘园人头攒动，鹅苗林中藏的生态养殖立体环保，辣椒种植、甲鱼养殖、乡村旅游等等，一片繁荣景象。记得有一次作为度假区发展典型我去采访，正赶上道路整修，机器轰隆隆作响，我使劲儿寻找市交通局派驻的第一书记苏子龙，可满眼都是修路工人，哪见什么苏书记的身影。打听了好一会儿：一个身穿迷彩服、皮肤黝黑、身材魁梧的大汉跳下挖土机冲我跑过来：“同志，让你久等了！”这是什么情况？我试探着问：“您是？”“我是苏子龙！”的确，这个场景惊到我了。书记不应该是白白净净、穿着雪白衬衫在旁边指挥工作吗？怎么眼前的书记是这个形象？通过交谈才知道，这是一位不平凡的书记。2015 年 7 月，市交通局驻村辛十李，为村里带来了资金和先进技术支持，苏子龙书记带领他的团队在辛十李一住就是一年多。

为了给村里增加经济效益，苏书记东奔西走，终于达成丁马甲鱼养殖协议。要养殖必须先有养殖环境，甲鱼坑的防逃墙是最难建的一部分。7000 平方米的斜坡需要一人在腰间系绳子另一人在坑边拉着，一点点下去抹上水泥，工作难度大，要求质量高。由于人手不够，工期又紧，苏书记亲自上阵，50 多岁的他一样把绳子系在腰间。大热天，室外温度 30 多摄氏度，他就这样被吊着，一点一点在池壁上走，有时候脚下一滑，整个身体就会重重地磕到墙壁上，一天的工期下来，浑身上下全是水泥，腰上全都磨出了水泡。村里的大爷大妈们看不下去，都拿着自家地里种的蔬菜水果前去看望，没想到苏书记乐呵呵地对大家说：“我哪有这么娇贵，不就是几个水泡吗，我还得感谢上级派我来这里驻村呢，这不，挖掘机、抹水泥这技术活我都学会了！”辛劳的付出总会换来回报，7000 平方米的防逃墙，不到十天全部完工。现在，辛十李村的甲鱼池里投放了上万只甲鱼，不断为全村带来丰厚的经济效益。

共产党员千千万，有的轰轰烈烈，而更多的是平凡普通。在我的身边，有着无数这样的党员，他们是很平凡、很普通，但是他们因为有了忘我奉献的精神和脚踏实地的作风而光华灼灼。

我曾经也采访过一位社区书记，我问他有没有对基层工作感到厌烦过，我还问他让他在基层默默奉献坚守十二年的理由是什么？他并没有直接回答我的问题，他笑着告诉我说他的工作经历过四个阶段：对未来生活的踌躇满志，因为群众不理解而感到过的迷茫，讲道理也无济于事的无奈，设身处地换位思考后的理解与接受。他还说，工作之前一直认为一生轰轰烈烈才是人生价值得以实现的体现，但是工作之后发现村民脸上的笑容多一点，生活更幸福一点，才是人生的意义所在。虽然只有短短几句话，却让我明白了他能赢得村民尊重并且成为基层工作中流砥柱的原因。

此时此刻，站在这里，我很感慨，也很激动，如果有人问我："是谁时刻体现着共产党员的先进性，是谁引领了新时代的潮流？"我会毫不犹豫地回答："是他们！"正是他们这些默默无闻的共产党员唱响了保持共产党员先进性的时代旋律，唱响了为党旗增光添彩的主题曲！他们的党性已经深入骨髓，他们的党性已经深深地扎进了沃土。感受着我身边这些平凡党员的事迹，突然觉得平凡和伟大是如此接近，只要肯付出、肯奉献，只要在党和人民需要的时候，肯挺身而出，你就会把党在人民群众中的形象烘托得宏伟而高大。这需要的是一种坚持、一种勇气、一种执着和一种奉献。

新时代　新青年

聊城市政务服务中心管理办公室　祁媛媛

今天我要讲讲自己的故事，在新时代阳光普照下一个新青年的故事。身为“90后”，我们没有感受过祖辈的辛酸，也没有经历过父辈的磨难，只记得妈妈经常会讲，他们年轻的时候，一个月一百五十块的工资已经喜上眉梢。后来我出生，社会日新月异，日子越过越好，但他们对我的教育一直都非常严厉，从小就让我树立老一辈吃苦耐劳和艰苦奋斗的精神。而这，也成了我人生的准则，时刻放在心里警醒自己。

国之命运，系乎少年。青年一代，是国家富强、民族振兴的接力者，是中华民族伟大梦想的实践者。2011年我考入大学学习播音与主持艺术专业，四年大学生活，印象最深的大概就是那篇名为《少年中国说》的朗诵稿件。前辈们那“为中华崛起而读书”的志向，那“百舸争流，浪遏飞舟”的气魄，那“仰天大笑出门去，吾辈岂是蓬蒿人”的豪情都在告诉我们，“少年智则国智，少年富则国富，少年强则国强”！

大学毕业后，我又度过了一段新的校园时光，只是从学生到教师的转变，身上又多了一份责任。我曾经想过，如何才能做一名合格的好老师，思来想去，总觉得好老师不仅要关注孩子的学习，更应该关注孩子的兴趣、需求以及培养他们的自信心，对于学习困难的孩子更要多些耐心和爱心。在从教的那段日子里，我更倾向于拿出固定的时间与学生们谈心，像朋友一样聊聊自己的理想，说说彼此的心得。前段时间，恰逢我曾经的学生面临小升初的考验，当我看到有的孩子因没摇上理想学校而痛哭流涕时，我在为他们深感惋惜的同时，也不得不承认，这是新时代教育改革大潮上的又一件喜事。生源渐渐均衡，九年义务教育将切实成为大家的福利，同时我也相信，在新时代的引领下，这些孩子将会有一个更美好的未来。

后来，我进入聊城市政务服务中心工作，成为中心的一员。离政府越近，改革的感受越深。按照李克强总理提出的“放管服”改革要求，简政放权、放管结合、优化服务，切实为企业和群众提供一个优良的政务服务平台。在中心工作的日子里，接触到中央、省、市下发的文件数不胜数，“一窗受理、集成服务”“菜单式”服务、“互联网+政务服务”、投资项目“联审联办”……我一直与领导同事一起，着力研究改革方向、推进措施，力争提升广大群众对政务服务的获得感，让企业与群众感受到新时代改革的春风。除此之外，在日常工作中，我始终站在群众的角度思考问题，有时办事群众遇到困难，我会主动了解原委，尽最大努力让事情得以圆满解决。不仅仅是我，窗口的每一位工作人员都兢兢业业、恪尽职守。记得民政局徐科长曾经说过，他的微信好友 80% 都是陌生人，而这些陌生人就是我们的办事群众，为的就是办事群众遇到问题时能及时进行咨询。我想，这不仅仅是我们个人想要去做的，更是新时代改革要求我们去做的。

新时代的大幕已经拉开，新征程的号角已经吹响。我们广大青年要振奋起来，行动起来，在以习近平同志为核心的党中央坚强领导下，在党的十九大精神指引下，为决胜全面建成小康社会、实现中华民族伟大复兴的中国梦而不懈奋斗！

我和丁香花一起绽放

聊城市技师学院　李　亚

每当听《丁香花》这首歌，伴随着凝重深沉的曲调，我都会想起那位走进山村里的年轻女教师，她挥洒知识的甘霖，倾尽生命的热血，用青春的犁铧在贫瘠的土地上耕耘着希望！但是在一个落寞的秋季，她却被无情的病魔夺去了年轻的生命。第二年春天，女教师的坟前开满了淡紫色的丁香花，它平淡无奇却芬芳异常……因为这首歌，我爱上了丁香花，更爱上了教师这个职业。有一天，我终于像歌里的主人一样，成为一名光荣的人民教师。

今天要为大家讲的是我和丁香花一起绽放的故事。

我，生长在祖国改革开放的春天里，我们这一代人的梦想是绚丽多彩的，思想的天空是广阔湛蓝的。当党的十九大春风拂面而来的时候，从习近平总书记的报告中，我看到了党中央对教育的关注和重视。教育是国计，也是民生；教育是今天，更是明天！于是，我更加深爱教师这个职业，同无数教师一样，躬耕于三尺讲台，与书香翰墨为伴，在年复一年、日复一日地传道、授业与解惑中明白了坚守的意义。

开在原野上的丁香花，总要经受风吹雨打。我班里有一名叫丽华的女生，五岁时母亲就因病去世了。父亲再婚，继母对她很冷淡，她正值青春期的年龄，母爱缺失，行为处事很叛逆，迟到、旷课、夜不归宿上网。我看到这一切，心急如焚！花一样的年龄，含苞待放的季节，不能让这个孩子毁了啊！我多次找她谈心、劝导，但收效甚微。后来，在一次偶然的谈话中，提到了她的妈妈，想不到桀骜不驯的她竟然呜呜地哭了，我立刻意识到“妈妈”是打开她心门的钥匙啊。那一刻，我决定不仅要做一名老师，更要做她的妈妈！我更细心地关注她，发现她文具盒里没有一支像样的钢笔，衣服也旧了，我买了钢笔和衣服对她说：“丽华啊，最近，老师梦见了你的妈妈，是不是她担心你缺少学习用品了呢？来，拿着这支钢笔，穿上这身新衣服，妈妈就放心了。”她用颤抖的双手接过来，紧紧地抱在怀里，眼泪无声地流了下来。就这样，我经常送她励志的书籍，告诉她女孩子应注意的生活事项，不时带她回家吃顿饺子，给她往宿舍送点水果……像妈妈一样关心她。慢慢地，她不再狂躁了，似乎在接受妈妈冥冥中的爱。她开始交作业了，不旷课了，不外出上网了。有一天，她拉着我的手对我说：“老师，我从小就没有享受到妈妈的爱，您给了我补偿！您就是我的妈妈。”那一刻，我流下了眼泪，明白了所有的付出都是值得的！

还记得 2016 年 10 月 16 日晚上 10 点多，电闪雷鸣，风雨交加。我和 2 岁的孩子在家，爱人出差还没有回来。这时，我的电话突然响了。原来学生刘静在上床睡觉的时候，脚滑踩空了，腿上、头上摔破了，流了好多血。同宿舍的同学也都吓坏了。怎么办？一边是睡熟的孩子，一边是受伤的学生，我的内心在斗争片刻后，果断决定让学生拨打“120”急救电话，匆忙抱着孩子冲进雨中，开车往学校赶。赶到学校门口时，救护车刚把学生接出来。我跟着一起到了医院，挂号、交费、办理住院手续，揪心地等待……学生头部伤口缝了6针。直到午夜12点多，学生做完手术，躺在了病床上，我紧张的心才舒缓下来。此时，我才惊觉，孩子早趴在我肩上睡着了。当天夜里，孩子因为淋雨发起了高烧，后来，家人都跟我急了，不停地埋怨我，我耐心地对家人说："学生也是我的孩子，我爱他们，保护、照顾他们是我的责任，这样做是理所应当的。"

从此，在家人的理解支持下，我更加努力地工作，为了不辜负那几十双单纯的眼睛，不辜负《丁香花》旋律中山村女教师那期盼的眼神！教室是我的家园，讲台是我的舞台，小小的粉笔是我的双手，上课铃声是我征程上的冲锋号，一路走来，每次站在讲台上，面对几十双渴求知识的单纯的眼神，我就会感到"老师"这两个字的分量，感到这座由知识、理想汇成的三尺讲台，是多么的神圣！

教师这份职业注定平凡，但它像丁香花一样，清淡中有着甜甜的香，"三寸粉笔，三尺讲台系国运；一颗丹心，一生秉烛铸民魂"。我将奉献于岗位，执着于事业，做一个有情怀的平凡人，做一个有幸福感和成就感的坚守者，做一朵教坛里默默散发芬芳的丁香花！我和丁香花一起绽放的故事，在我生命的时空里也将一直讲述下去……

文明花开新时代

聊城市技师学院　刘保中

我讲述的这段经历，就从故事的主人翁说起——他，叫徐明海，阳谷县七级镇大翟村人。我第一次见到他，是在聊城城区一个胡同的修鞋摊儿上。当时引起我注意的，是他旁边悬挂的这个粉红色的牌子，上面写着“为老年人免费擦皮鞋”。

见到这样情形，您会怎么想?

我当时的感觉——就是怀疑！这是真的吗？修鞋本来就挣不了几个钱，再免费擦鞋，图什么呢？是想增加一个卖点？还是想多拉几桩生意？或是说他也懂得了经营策划与包装？……难道在咱们身边还真能找到什么“活雷锋”？

或许是出于一种职业的习惯，当时还在一家媒体工作的我，带着这样的疑问，在以后的很长一段日子里，一直在关注和思索这个问题，并且有意搜集这样那样的事例，来证实自己的揣测。有一天，我在报纸上看到一则报道：一个叫王生辉的青年学生，在一家超市的门口，遇到一个走失的5岁男孩儿。他立即拨打了“110”，并拦了一辆出租车，亲自将孩子送到开发区派出所。在民警的协助下，孩子最终和家人团聚了。孩子的父亲拿重金向王生辉表示感谢，但王生辉一口拒绝了。

这件事儿叫我眼前一亮，王生辉可以称得上是一个名副其实的“活雷锋”。我想了解他更多的情况，于是就按报纸报道中提供的信息，找到了他所在的学校——聊城市技师学院。在学校的接待室里，通过和工作人员一番交流，我才知道——类似于王生辉身上发生的这事儿呀，在这所学校并不稀奇。数字统计，当年发生的有据可查的好人好事儿就有60多件，在5月25号到6月1号一周之内，《大众日报》和聊城电视台两家媒体，各有两次分别报道该校学生的先进事迹……在一年内，由学生自发举办的各种爱心活动就达几千人次。

那么，究竟是什么原因，使得学校好人好事层出不穷呢？

当我把这个问题抛出来的时候，学校工作人员笑了笑，没有直接回答，他说他要带我到校园里去走一走，转一转。

这是一所花园式的崭新的校园。蓝天下绿草如茵，百花争艳，树木葱茏，湖波荡漾，一面鲜艳的五星红旗，高高飘扬在白云飘浮的晴空，那扑面而来的清风带着鲜花和青草的香味儿，让人倍感惬意、舒爽。就在湖西岸，我看到了一尊古铜色的雷锋塑像，他昂首挺立，英姿飒爽，带着青年人的阳光和朝气，目光深情地投向远方……再往前看，目之所及，还有一尊塑像，那是孔繁森！蓝天白云下，那身姿愈发显得刚劲挺拔……

工作人员说，国旗下的这片湖叫爱心湖，我仔细看了一下，可不，它的造型就是一颗“心”形。顺湖而望，日光照耀下的国旗的倒影，荡漾在这片澄澈的爱心湖水中，诗意般呈现了“心怀祖国”的寓意。从爱心湖的东西两岸分别望去，可见湖水中这边映照着雷锋，这边映照着国旗，这不正好可以理解为“雷锋在我心中，祖国在我心中”吗！

我忽然明白了——我眼前看到的这一切，不就是激发我们爱心行为的精神动力吗?

我禁不住为学校的精神文化建设而赞叹。为什么会有这么多的好人好事产生，我已经找到了答案！我还了解到，在雷锋以及孔繁森精神的感召下，学生中还自发成立了以雷锋、孔繁森、柳德占等命名的志愿服务队。我又想起王生辉在报道中回答记者时说过的话：“我是孔繁森志愿服务队的一员，这样力所能及的小事，只要被同学们遇上，无论换了谁都会去做的。”我丝毫不再怀疑他的话，因为在这样的环境里生活、学习，无论谁，都会被一种精神的力量所感染，做出那些自己以为平常，而在别人看来却并不平凡的事！

我为我找到这样一个铸造精神力量的家园而激动！

人，是需要有精神信仰的！令人遗憾的是，在现实生活中，那些发生在人与人之间本应叫人感动的很多美好的东西，却常常会遭到无端的怀疑和猜忌……

就像前面说的徐明海，他小时候生病，致使左腿残疾，至今行走不便。然而十几年来，他一直坚持为老年人免费擦鞋，还经常在重大节庆日，义务为城区所有市民免费擦鞋，事情虽然小，但他是在尽其所能，用实际行动诠释他对生命的理解，传递人间的温暖和关爱。而有些人，比如我，却还以种种理由质疑他的行为。相比之下，我们，思想境界是多么的低俗啊。

我要感谢徐明海、王生辉以及那无数像他们一样普通的好人们，正是他们用最朴素的品质传承着中华民族的传统美德，让“雷锋精神”不再是一轮明月，而成为满天繁星。

时代潮流，浩浩荡荡。党的十九大开启了全面建设社会主义现代化国家新征程。经济上已经富起来的我们，今天比任何时候更加需要精神的营养！

朋友们，不要抱怨生活里为什么没有阳光，那是因为我们自己心里藏有阴暗。只要我们心怀坦荡，放下小我，睁开双眼，就会发现，其实在我们身边所拥有的，是一个多么天朗气清的世界！

让我们少一份猜疑，多一份付出，从你我做起，从现在做起，人人争做爱心使者吧。我为人人，就能人人为我。只要我们团结一心、携手努力，结果一定会是：红色精神遍天下，文明花开满乾坤！

我的底气

聊城市第四人民医院　姜　雯

以前我们形容朋友的时候，好像总喜欢用君子之交、忘年之交、莫逆之交这样的词。但是，现在我们再去形容朋友的时候又多了一个词，叫作“点赞之交”！

不光我们自己有朋友圈儿，其实我们的国家也有朋友圈儿，而在这个圈子里，我们有一位经常互相点赞留言的老铁，他的名字叫巴基斯坦。我从来都没有想过，我和这位老铁之间会有什么交集。但因为一次拍摄，使我和他有了一次深入的交流。

2016 年的 9 月，我们自驾穿越了“一带一路”的一条线，翻越了红其拉甫，来到了巴基斯坦。到达的时候，我们每个人都非常的疲惫，只想睡觉。但是一下车，我们就傻眼了，原来当地已经站着两排夹道欢迎的市民在迎接我们的到来。为了保护我们的安全，我们每两辆车的后边都有一辆载满了士兵的军车保护着，前后各四辆军车开道，所有的骑警环绕成了一堵墙，士兵们荷枪实弹保险都不上。我从来没有想过，有一天我会遇见这阵势。

负责保护我的是一个一米九的大兵，身材特别魁梧，每次看他我都特别害怕，一跟他说话声音都不自觉地降两个调，说话都是“Excuse me”（“请原谅”）。但就是这么一个壮汉，他却为了打消我的紧张去借了一本当地小学生的课本，告诉我，在小学课本里面，第一课第一页，就是讲述中巴友谊。讲述中国曾经给他们的援助。甚至专门有一条叫作破坏中巴友谊罪的条例。我多次问他：“这儿危险吗？有塔利班吗？”每次回答都是：“这里很安全，没有塔利班！”“那为什么这样护送呢？”他说：“Because you are Chinese！”（“因为你们是中国人！”）

我们去往卡拉奇的那天黄昏，在迎接我们的人群里有一个满头白发、步履蹒跚的老爷爷，他向我们跑过来，手里拎着两个袋子。一个袋子里装着已经事先冰冻好的可乐和雪碧，一个袋子里装着矿泉喷雾水。他一个劲地往我们车窗里塞，我们摇手说：“不用，不用，不用。”但是拗不过他的坚持，我们把水接过来的一瞬间，那老爷爷咧开嘴笑了。他没有牙，一笑起来像个孩子。跟我同行的司机是一个一米八的东北大老爷们，他却跟我一样也已经红了眼眶。因为我们知道，在当地每天只能供电两小时、物资极其缺乏、可乐和雪碧是他们招待最尊贵的客人的时候，才能享用的饮料。那个老爷爷自己根本舍不得喝，他却把它给了我们，他那双布满皱纹的眼睛看着我好像在说：“抱歉，我们并不富有，但是我想把我能给的最好的都给你们，请你们不要嫌弃。”我问他们为什么我们这么受欢迎，你们是对所有的外国人都这么热情吗？他们说：“No, Because you are Chinese！”（“不，因为你们是中国人！”）

在我们离开巴基斯坦的时候，送行的队伍里有两个小伙儿，他们拿着一张纸，纸上打印着四个中国字叫“开山鼻祖”，四个字特别蹩脚，山和鼻还写到了一起，但是我们领队告诉我，20世纪修建喀喇昆仑公路的时候，是中国帮助巴基斯坦建造的。中巴双方共约牺牲了 700 多人，等于每一公里公路之下，就埋葬着一个英魂。那一瞬间我才明白，这四个字，是他们并不灵光的中文能够找到的最帖合的感恩词汇；我才明白，为什么我们到达的时候有位父亲怀抱里的孩子裹的是中国的国旗；我才明白为什么我住的酒店楼下，贴着的一张纸上面写着“物美价廉，中国人特价”，那是他们没有来得及说出口的三个字：谢谢你！

所谓的哥们，是“与君初相识，犹如故人归”。20 世纪 70 年代，巴基斯坦说自己被全世界抛弃了，这个时候，中国这个并不富裕的国家站到了他的身后，自己的日子也过得紧巴巴，但我们勒紧裤腰带拉了他们一把。2010 年，巴基斯坦暴发特大洪水，中国第一时间伸出援助之手，30 吨食品、1000 台发动机、1200 顶帐篷、23800 条毛毯，派出了史上规模最大的救援队，开创了中国对外救援史的先河。

所谓的铁磁儿，是“疾风知劲草，烈火见真金”。我们不会忘记，巴基斯坦是最早承认新中国的国家之一；我们不能忘记，2008 年汶川地震，5 月 16 号那天清晨，两架 C130 运输机满载救灾物资，第一时间奔赴灾区；我们不能忘记，在也门撤侨行动中，巴基斯坦军舰协助中方，在穆卡拉港撤离八名中国留学生，巴方军舰指挥官下达命令，只要中国留学生不到，我们的军舰就不离港！

原来在这个世界上还有像巴基斯坦这样的地方，他让我感到不渺小不孤单，只因为你是中国人！他不在乎你是男是女，是贫穷还是富贵，他只在乎你是不是中国人！而这，就是我的底气！

用责任和担当呵护同一片蓝天

华能聊城热电有限公司　商　磊

新时代，新征程，新使命，新作为。在党的十九大上习近平总书记明确指出，到21世纪中叶，把我国建成富强、民主、文明、和谐、美丽的社会主义现代化强国。在这一宏伟蓝图中，“美丽”二字具有重大深远的历史意义，它明确了建设美丽中国也是新时代坚持和发展中国特色社会主义的基本方略。可以说环境就是民生，蓝天就是幸福，所以，我们有责任和义务来呵护同一片蓝天。

作为一个国有企业，聊城热电厂多年以来一直秉持撒播光明、传递温暖的生产理念，不遗余力地为加快我市经济社会发展提供着优质的电力和热能。在生态文明建设上，我厂一直统筹规划，多措并举，如今，为响应建设美丽中国的要求，切实打赢蓝天保卫战，今年我厂又再次投资数百万元对烟囱的除尘脱硫系统进行升级改造。项目改造中，我厂许多员工奋力拼搏，积极作为，同时也涌现出了一些值得赞颂的共产党员，刘俊峰就是其中的一位。接下来，我为大家讲讲这位优秀共产党员的感人事迹。

一天上午在6号锅炉高耸的烟囱下，起重机像往日一样有序地挥舞着吊臂，电焊的火花依旧发出耀眼的闪光，脱硫改造项目施工已进行到了第十天。我厂热机维护部专工刘俊峰现场巡查设备，途中他突然看见生产厂房北侧有一群人正在紧张地忙碌着什么，责任心极强的刘俊峰决定去看个究竟。他走近一看，原来是此处的地下工业水管道泄漏了！此时，不断向上喷涌的水已将上边覆盖的泥土冲开，形成一个两米多宽的水坑，相关负责人已去做系统的隔离和切换工作，检修人员也已在水坑旁做好了抢修准备，他们说大约再过5分钟这段故障管道就可切换完毕进行抢修了。可就在这时，就听见现场“嘣”的一声闷响，泄漏处竟然爆开了，那水瞬间就像喷泉一样涌起一米多高，接着就听见有人大喊了一声：“不好，水正流向南面的电子设备。”大家转身一看顿时都吓了一跳，原来，就在这漏水点不远处，一批刚从厂家运到的价值几十万元的脱硫电子配件搁在那里，如果进了水不但这些配件会损坏，而且必然影响整个改造工程的工期。刘俊峰看在眼里急在心里，短时间把这些设备移走已经来不及了，而切换完水系统还需要5分钟，眼看设备马上就要进水了，怎么办？怎么办？就在这紧要关头，只见刘俊峰纵身一跃，跳进了齐腰深的水坑，用他的双手紧紧堵住了那滋水的缺口！检修人员见状也都像他一样纷纷跳了下去，他们一起用手和身体堵住了漏水处。泄漏的水流顿时就小了许多，危险得到控制。这个时候，刘俊峰的手感到了一阵阵钻心的疼痛，这应该是裂口处破损的外缘将他的手划伤，此时，他手指缝里淌出的水流泛起了红色，在水冲击力的作用下十指连心的疼痛越发明显，检修班长见状让他松手上去包扎，他说：“不妨事，保护设备要紧，我再坚持一下。”就这样，刘俊峰继续用受伤的手堵住滋水的裂口，强忍着钻心的疼痛和大家一起挺过了惊心动魄的5分钟。

工业水系统终于切换完毕，电子配件安然无恙，看着从水坑里爬上来的他们全身沾满泥浆，再看看刘俊峰那依然流着血的手指，在场的同事们无不感动，刘俊峰说：“只要能保护设备，不耽误工期，流一点血值了！”

在接下来二十多天，经过工程项目部专业人员紧锣密鼓的改造和许多像刘俊峰一样的党员职工们的全力配合，我厂四台锅炉的脱硫除尘系统终于升级改造完毕。今天，大家看到的烟囱里排出的不再是污染大气的烟尘，而是经过除尘设备过滤和洗刷后产生的清洁蒸汽。放眼望去，蔚蓝的天空下它就像白云一样向人们展示着全体聊城热电厂人的一份纯真，同时也透露着我们对生态文明的一种呵护。

热电事业，我们以责任呵护着同一片蓝天；平凡岗位，我们用党性绘就绚丽的诗篇。最后，就让我们共同祝愿祖国的天空变得更蓝，鲜红的党旗变得更艳，决胜全面建成小康社会的宏伟目标早日实现。

愿者队伍里最年轻的一位。每次给艾滋病患者或者是高危人群做宣传时，她都会以自己和母亲的亲身经历为他们讲述艾滋病的防制知识，以及“恐艾”患者的心理变化。她那自信阳光的微笑给艾滋病患者及高危人群带去了生活的希望。

这样的故事在老蔡身上还有很多很多。有一次，在对服刑人员的艾滋病筛查中，检测出了一例艾滋病感染者，那是一位20岁出头，因盗窃罪入狱的小伙子。根据工作要求，蔡新需要对他进行二次复检。正在抽血的时候，这个小伙子突然情绪失控，拔掉针头，嘴里大喊：“不，不，我没得这种病。”拉扯之间，采血针头划伤了老蔡的手臂。老蔡没有管自己的伤口，却蹲在地上抱着情绪失控的小伙子，让他冷静下来。小伙子双手紧抓着头发，嘴里一直嘟囔，“怎么办？我该怎么办？我是不是快要死了？”蔡新慢慢地对他说：“不要太难过，更不要失去生活的信心。相信我，现在抗病毒治疗效果都非常好，只要你积极配合我们，基本不会影响寿命的。”然后又对他讲了艾滋病的防护知识和对家庭、对社会的责任，直到小伙子接受检测结果重拾生活信心才离开。可没有人知道，回去之后，老蔡服用了一个月的职业暴露后预防性药物。他承担着被感染的风险，却从未流露出过恐惧。

从那以后，蔡新每个月都会给小伙子送去他需要的药物，并叮嘱他要按时服用，还在生活上关心他，使他重新对生活燃起希望。几年如一日，蔡新的付出也得到了回报，小伙子在监狱里表现积极提前释放。出狱那天他没有回家，先来到了疾控中心。他紧紧握着蔡新的手，泣不成声地说：“蔡大夫，您知道我得了这个病，不仅没有嫌弃我，还经常看我开导我，让我重新树立活下去的信心，您就是我的再生父母……”

除了工作的辛苦更多的是家人的不理解。蔡新是医学院毕业的高才生，当时去哪家医院都会有好的前途，可他却选择了公共卫生，选择了艾滋病防治。爱人总说，“你说你天天跟这些人在一起，我都不好意思跟亲戚朋友说你做什么工作。你就不怕哪天把病毒带到家里来。”老蔡总是笑着说，“如果大家都这样想，这些病人怎么办，工作总得有人做吧。”时间长了，看他这样坚持，爱人也就慢慢理解了。

这就是老蔡，这就是老蔡的故事。一年365天，他几乎每天都在和艾滋病病人打交道。白天，他是专业的蔡医生，专业检测，分析疫情，提出对策；晚上，他是艾滋病感染者和高危人群的老蔡大哥，听他们诉苦，为他们解惑。40多年汇聚成的数百本日记本上详细记载了他为艾滋病患者奔走的故事，每页都写满了一个奋斗在艾滋病一线工作者的为民情怀。

就像习总书记说的，新时代要为人民群众提供全周期全方位的健康服务，在健康路上，你我同行，一个都不能少。老蔡始终牢记党的嘱托，满怀对群众的深重感情，用40年兢兢业业的工作，践行着这份嘱托。在获得“全国艾滋病防治先进个人”称号时他说：“能为聊城艾滋病防治工作做出一点贡献，看到病人生活有人管，得病有人治，生活质量越来越高，我心里很高兴。”

这就是我们的疾控战士，一年365天心心念念的是艾防事业，牵挂的是艾防患者。这就是身系人民健康的疾控卫士，用一生的热血和生命扫除病魔阴霾，用自己的坚贞守卫着社会的和谐、百姓的安危。

记得艾滋病预防形象大使濮存昕说过：“我希望有一天我们能和所有的艾滋病病人站在一片没有歧视的天空下，像彭丽媛一样拥抱那些艾滋病儿童，像千万条红丝带一样带给他们不灭的春风和温暖的阳光。”

亲爱的朋友们，让我们张开双臂，敞开心扉，用正确的医学知识去对待他们，请献出你的真诚、献出你的爱心，加入艾滋病预防事业当中，让艾滋病减慢它传播的脚步，让爱的阳光洒满人间！

爱一座城　恋一个家

莘县一中　张金霞

我是莘县一中的一名英语老师，2016 年加入莘县同城一家爱心公益协会。两年多的公益历程，亲身经历、亲眼看见了太多公益人的故事，这些故事一直在我的脑海里，时时扣动着我的心弦，激励着我在公益道路上走得更加坚定。今天我只是撷取几朵浪花与大家分享，讲述作为一个同城人的感动。

“同城一家”，这个温暖有爱的大家庭，截至目前共有会员 342 人，遍布莘县所有行业。会长李红伟说：“‘同城一家’这个名字，我赋予它很多含义，希望同城的会员在这个大家庭里像家人一样友爱，希望同城一家可以温暖到莘县的每一片热土，也希望我们同城一家能成为莘县最大、最有影响力的公益社团。”

我们做到了。

“同城一家”已从2014年成立时的几十人发展到现在的300多人，从早期的单纯救助到现在成为一个拥有多个成熟项目的公益团队。我还记得刚入会时做活动，很多人问我你们是不是卖家具的呀？而现在“同城一家”早已成为莘县公益的一张名片！2016年、2017年两年，共组织了125次公益活动，2018年上半年开展公益活动40余次。仅2017年一年，协会参加公益活动的人数就超过2000人次，救助、宣教等活动涵盖莘县所有乡镇。

志愿者不计报酬，不为名利，能否坚守到底？有没有一直坚持做公益的人？“同城一家”就有这样一位志愿者，他奉献着自己的爱心，一直前行在志愿服务的道路上，他就是会长李红伟。曾有人问他，“你每年策划那么多活动，花那么多时间做公益，是不是家人和朋友都特别支持你？”他说：“都不支持！俺媳妇也不支持，嫌耽误工作少挣钱，不愿意让我干！让我坚持的动力是：‘同城一家’是我发起的，我是扛大旗的，我不能忘了初心，不然就散了！”朴实的话语里有些许心酸，但脸上洋溢着的是坚定和幸福。自从“同城一家”建立微信群的第一天起，李红伟的微信头像就没有变过：“不忘初心，方得始终。”这八个大字也刻在了每一个“同城一家”会员的心上。

公益不只是捐物送钱，公益是微笑和真诚；是伸出的双手，给孩子一个拥抱；是面对面的交流，心与心的触碰，陪伴才是最长情的关爱。我是协会资助孩子中6名高中学生的爱心妈妈，是协会“童享阳光”项目“童益课”的主讲老师，2018年又成为第一批“爱心妈妈一对一”的成员，现在是一个10岁男孩的爱心妈妈。

我清楚地记得第一次见到这个孩子时的情景。孩子的父母在一次车祸中双双去世，爷爷奶奶卖掉老家的房产，带孙子来县城的民办小学读书。爷爷每天打两份工，对孩子要求极严。不断地提醒孩子：“你的父母不在了，我们也老了，你不好好学习，以后咋办？”孩子很听话，成绩也很好。但是在我走访的一个多小时里，孩子没有露出一丝笑容，全程说话没超过 5 句。爷爷很负责但也很强势，我非常能理解爷爷，但是，我更担心孩子。我问孩子："爷爷给你安排的假期生活满意吗？"他面无表情地点头。我知道我首先要做的是爷爷的工作，但是还不能心急。临走时，我给孩子留下电话，加了微信。当天晚上我无法安睡，脑海里一直回想着孩子倔强而冷漠的眼神。我应该怎么去帮助这个孩子？怎么说服爷爷？

之后，刚好有一场关于"亲子陪伴"的公益讲座，我决定带爷爷和孩子一块听听。那天，我和儿子开车把祖孙俩接到现场，一个小时的讲座，俩人听得很安静、很投入，爷爷若有所思。回去的路上经过书店，孩子第一次自己选了自己喜欢读的书。我和孩子一起坐在车的后排，孩子的手一直摩擦着新书，小小的身体假装无意地向我靠近了一点点。小声说了好多话，一路上喊了我有十几个"霞姨"，我又幸福又激动，这才是一个 10 岁孩子该有的样子啊！下车时孩子主动邀请我去家里坐坐，说再见的时候，声音又大又有力量！眼角有一丝笑意，还有一点调皮！

从那以后，我们经常打电话或者发微信，微信上孩子还跟我发语音开玩笑！你想不到就在一个月前，我发三条微信，他还回不了仨字儿呢！孩子不知道如何与人交往，我曾开玩笑地说：霞姨的微信看到了要回复哦，不然我睡不着觉的。现在他已经开始主动跟我联系了呢！

我带这个娃走出家门，走进美术馆，走进大自然，走进同龄人的世界，让孩子自信起来！记得他第一次到图书馆的样子，腼腆又有点小心翼翼；他第一次走进美术馆的样子，有点惊讶，有点兴奋；他第一次跟我吃路边摊的油炸臭豆腐，捏着鼻子，笑得前仰后合；我们俩第一次吃西餐，互相取笑不会使用刀叉……

看着孩子一天天的变化，我心里由衷地高兴。孩子，他得有一颗积极向上的心来面对未来的生活，他也得有一颗感恩的心面对他身边的人。我相信，孩子可以的。

我们的付出没有金钱的回报，但是我们的收获远比金钱可贵。资助的孩子中有个女孩叫琳琳，父母残疾。在关注她的几年里，见证了一个羞涩自卑的女孩蜕变成一个阳光开朗、多才多艺、充满爱心、懂得感恩的公益小天使的过程。孩子经常跟同城一家的叔叔阿姨一起参加公益活动，每到节假日会给同城发祝福，会给在街上看到的可怜人捐钱买饭。

协会资助的一个男孩去年给会长打电话说姐姐上班挣钱了，把资助留给那些更需要的弟弟妹妹吧。听到这样的故事，我觉得公益路上那些所谓的困难，又算什么呢？那一颗颗美好纯净的心灵没有因为贫困而污染，没有因为灾难而放弃希望，我们知足了！

“为爱而生，因爱而聚”，“同城一家”的小伙伴们用四年的时间，守护初心，用爱温暖一座城，让莘县因为“同城一家”而变得有温度、有力量。

让我们公益人微小的力量聚集，在新的时代，为共筑“中国梦”贡献我们的一分力量！

第二辑　曲艺篇

拉　呱（山东快书）

临清市金郝庄第二中学　刘方平

说的是，十九大精神放光芒，
胜利的凯歌遍城乡。
今天咱不把别的唱，
去一趟城东王家庄。
王家庄，好景象，
空气清新花果香。
街宽路直环境美，
越看心里越舒畅。
吔，听那边好像在吵吵，
全都是高门大嗓百姓腔。
还比比画画地捋胳膊，
七嘴八舌情绪激昂。
（白）怎么回事？
走近看，广场角坐着人一片，
全都是五六十岁的老年帮。

有的嘴上叼烟卷，
有的慢慢品茶汤。
还有的大屏手机拿在手，
一个个穿的戴的挺在行。
他们你说我说不停口，
嗓门大得像音箱。
（白）噢，还真起劲儿。
仔细听，原来他们在拉呱，
拉的事连着国家和中央。
有的说，从前的日子可真苦，
有的说，今天的生活似蜜糖。
有的说，多亏了习总书记领导得好，
有的说，咱都沾改革开放的光。
有的说，做梦也没想到这么好，
有的说，庄稼人扬眉吐气奔小康……
哪料想，聊着聊着想抬杠，
（白）怎么啦？
只因为都把自己狠夸奖。
这个说，俺看病报了两万九，
那个讲，俺享受补贴买的农机叫“谷王”。
这个夸，俺免费旅游到西藏，
那个谈，俺扶贫对象刚刚搬进新瓦房。
这个聊，俺购物全用支付宝，
那个拉，俺拿了个驾照走四方。
这个晒，俺农产品上了互联网，
那个比，俺抖空竹得了个特等奖。
这个吹，俺那架无人飞机能打药，

那个遍，俺买了辆“奇瑞”响当当。
就数着老周最得意，
笑眯眯不言不语坐一旁。
他干饭店发了财，
早已经百十万元存银行。
（白）肉头户啊！
老人们越说越聊越给力，
大老赵不笑不闹憋得慌：
“哎，老李哥，
你那座扶贫新房别白盖呀，
叫我说你快找个老新娘。
趁着你的身板壮，
寻个填房拜花堂。
我开车拉你去登记，
结婚时，别拦着我去闹洞房（啊）！”
这句话一石激起千层浪，
老哥们聊发少年狂：
“对，找新娘，找新娘，
六十三四也相当。
想当年老嫂子有病去世得早，
没赶上今天的好时光。
你光棍打了半辈子，
到老了找个老伴不凄凉。
老新娘，住新房，
老老新新喜洋洋。
老两口恩恩爱爱老来乐，
老温暖胜过寒冬喝老汤（呢）！”

（白）嗯，是够热乎的！
那老李听了抿嘴笑，
“你别说，我还真有这梦想！……”
他上前抓住大老赵：
“去，这个任务你承当！
老小子你快为我找老伴，
找不到，你可知我有老巴掌？
找好了，喊老嫂子别乱辈儿哈，
找得好，我请你喝瓶老窖就老姜！”
（白）啊？辣对着辣啊？
不，我请你喝瓶老窖吃喜糖！”
（白）这还差不离！
一句话，直逗得大家哈哈笑，
老张头举着个手机录得忙。
记下了欢乐拉呱这一刻，
他说要先发群里再收藏。
一看老张玩微信，
老钱想起事一桩：
“你说这变化多么快，
我这脑子都混了堂了；
那一次，俺儿从三亚来电话，
正赶上北风刮得狂。
他的话迎着大风往这顶，
嘿，我听得真真切切心亮堂。
我就想，路又远来风又大，
手机音它怎么传到我耳旁？
（白）奇怪呀，它是怎么顶过来的呢？……”

老钱一问不要紧，
大家笑他太科盲——
你觉着这个就新鲜（啦）？
好日子越过越神像天堂：
云数据，物联网，
无人超市最便当。
量子卫星天上转，
机器人各样的功能把人帮。
磁悬浮列车时速一千二百里，
那跨海大桥世无双。
上天入地高科技，
地球人哪个不知中国强？
咱农民摊上好时代，
小日子好比香油拌冰糖……
就这样，这伙人拉呱拉不够，
直拉得眉飞色舞脸放光。
直拉得返老还童春不老，
直拉得浑身是劲笑声朗。
下决心撸起袖子加油干，
不忘初心勇往直前不迷航。
要实现伟大复兴的中国梦，
全党全民励精图治决胜全面建小康。
就这样，乡亲们拉呱很得意，
可把我累得真够呛！

党的十九大精神指航程（群口快板）

创作：冠县农业局　李贵才　冠县曲艺家协会　卜　可

表演：李贵才 李俊龙 卜 可 吴 磊

合：旭日东升大地红，
　　万里神州起东风。
　　聊城人欢庆党的十九大，
　　我们打起竹板抒豪情。
甲：党的十九大号召方向明，
　　聊城大地齐欢腾。
　　紧跟着，党中央新的领导集体，
　　紧跟着，党的核心习近平。
乙：庆盛会，忆征程，
　　几年来，巨大的变化记心中。
　　中华崛起惊世界，
　　看东方，九天腾飞中国龙。
丙：科技力量显神威，
　　航空母舰显奇能，

高科技，核潜艇，
嫦娥七号上太空。
丁：一带丝绸唤梦境，
一路寰球并肩行，
一幅蓝图多么壮丽，
一条彩带入云层。
合：丝路花雨经济带，
把中国与世界来贯通。
高铁建遍全世界，
恰似万马在奔腾。
甲：全面治污除隐患，
雾霾治理铁手腕，
推动绿色新发展，
打好蓝天保卫战。
乙：社会养老搞得红，
医养结合重养生，
扶贫工作搞得好，
精准扶贫抓“三农”。
丙：“五位一体”巧布局，
“四个全面”新的战略不犹豫，
“八项规定”严遵守，
“四个意识”要树立。
合：看今朝，党的十九大胜利来召开，
中国进入了新时代。
丁：宏伟蓝图已绘就，
大中华，一往无前向未来。
合：对，大中华，一往无前向未来。

甲：全国喜庆十九大，
新的精神传天下。
新旋律，新变化，
崭新的前景美如画。
乙：历史性，变化大，
新的矛盾已转化。
不平衡与不充分，
与人民美好生活新的需求成矛盾。
丙：党的十九大报告奏新歌，
三十七次提出了新举措。
三个目标两步走，
现代化强国当为首。
丁：要强国，要振兴，
要富民，要安宁，
要和谐，要稳定，
要发展，要和平。
依法治国要先行，
让社会公正又公平。
合：文化自信重中重。
我们传统文化要振兴。
甲：要建军，要强军，
拳头硬才能保和平。
实现了军队现代化，
看哪个，还敢到中华来横行。
乙：党的十九大精神落实快，
聊城人，党员干部做表率。
丙：学榜样，

丁：树模范。

合：撸起袖子加油干。

丁：党的十九大精神放光芒，

照得心里亮堂堂。

千言万语一句话，

合：我们跟党走，才能民富国又强。

甲：共产党，

合：最伟大，

甲：共产党，

合：最光荣，

甲：共产党，

合：最正确，

甲：共产党，

合：最英明。

甲：共产党，乙：她为了人民来执政，

甘当人民勤务兵，

甘为人民当公仆，

时刻把人民的利益记心中。

合：我们听党的话跟党走，

对党的事业要忠诚，

不忘初心牢记使命，

时刻把，社会主义核心价值观念来践行。

甲：同心共筑中国梦，

鲜艳的党旗指路灯，

共产党，

合：她带领着人民奔小康，

消灭差别奔大同。

乙：共产党，一心一意为人民，

不怕困难与牺牲。

合：指导我们向前进，

带领我们阔步行。

甲：阔步行，大步迈，

中国进入了新时代，

合：新的时代新事多，

我们新的一辈唱新歌。

乙：新部署，

甲：高水平，

新的目标新征程，

合：强国富民中国梦，

经济发展促和平。

甲：中国进入了新时代，

合：承前启后，继往开来，全民进入了新常态。

乙：中国进入了新时代，

合：依法治国，从严治党，打虎拍蝇反腐败。

甲：中国进入了新时代，

合：绿色环保，食品安全，保卫蓝天抓生态。

甲：中国进入了新时代，

合：老百姓，载歌载舞，幸福指数升得快。

甲：中国进入了新时代，

合：中华民族伟大复兴的中国梦，

早日到来，早到来。

扶贫温庄的带头人（山东快书）

冠县农业局　李贵才　冠县曲艺家协会　卜　可

合：二〇一七俏争春，
　　乍暖还寒雪纷纷。
　　省选派了第一书记进了冠县，
　　扶贫范寨温庄村。
　　踏雪而来尘未洗，
　　访贫入户进家门。
甲：杨书记，杨胜坤，
　　目光炯炯有精神。
　　额头上拧了个大“川”字，
　　他深知，扶贫重担有千斤。
乙：乡亲们，好客热情多期盼，
　　朴实厚道人可亲。
　　可就是，致富路上难起步，
　　代代贫穷扎下了根。
甲：现如今，党脱贫攻坚的号角响，

全国上下一条心，
精准扶贫的面铺开，
二〇二〇要实现小康全脱贫。
合：扶贫先扶志，
扶志抖精神。
扶贫先扶德，
心善出好人。
扶贫先扶文，
理念要更新。
扶贫先扶弱，
扶弱才算真扶贫，
是扶弱才是真扶贫呢。
乙：他理清思路抓党建，
强化班子聚民心。
解放思想转观念，
扶贫扶志增信心。
甲：组织党员学榜样，
凝聚思想立党魂。
学习那，
合：“临沂红嫂”奉献党，
乙：学习那，
合 ：援藏楷模孔繁森。
甲：杨书记，务实为民干实事，
争取项目调资金。
率先完成了“户户通”，
柏油路修到农家门。
乙：再不会，

合：无风迈步满鞋土，
甲：再不会，
合：有风扬尘爆全身。
甲：再不会，
合：雨天泥泞路难走，
甲：再不会，
合：脚踏泥水双脚沉。
乙：失修的小桥年太久，
　　过往的路人需留神。
　　启动新建四涵洞，
　　消除隐患便路人。
甲：导流渠、下水道，
　　搞绿化，增人文，
　　打机井，真惠民，
　　盏盏路灯旧换新，
　　绿化硬化小乡村，
　　桩桩件件暖民心，
　　是桩桩件件暖民心呢。
乙：供养中心敬老院，
　　雨天常是水淋淋。
　　筹资扩建全翻新，
　　喜坏了，大爷大娘大叔大嫂和大婶。
　　原来是，孤寡老人缺温暖，
　　现如今，扶贫办是俺最亲的人。
甲：杨书记，他赴济南，奔临沂，
　　到济宁考察经济林。
　　上项目，搞开发，

因地制宜细区分。

乙：赤松茸种植的大项目，
落户在，不见经传的温庄村。
成立了鲁质冠食用菌加工合作社，
就业丰收双盈门。
“一条龙”生产效益高，
系列产品真喜人。

合：网上销售全球化，
鼠标一点到伦敦，
是鼠标一点到伦敦了，
（白）真快呀。

甲：EMS 加微信，
美团淘宝送得勤。
电视报纸有影像，
无线电台有声音。

乙：销路广带来人致富，
温庄村从此脱了贫。

甲：村民们，一个一个高了兴，
交口称赞杨胜坤。

乙：这个说：杨书记年轻有魄力，

甲：那个说：杨书记脚踏实地真扶贫。

乙：这个说：一年来，杨书记白发添了不少根，

甲：那个说：杨书记增加了许多抬头纹。

乙：这个说：初来时，杨书记是白面书生多斯文，

甲：那个说：杨书记，现在咋越看越像个庄稼人呢。

乙：这个说：还是党的扶贫政策好，

甲：那个说：政府是咱最亲的人。

合：乡亲们，七嘴八舌不停口，
欢声笑语颂党恩。
这正是：
合：精准扶贫真扶贫，
一心一意为富民，
授人以渔脱贫困，
小康路上向前奔。

不忘初心（对口山东快书）

中国农业银行莘县支行　耿登朝　莘县住建局　徐庆昌

合：说的是，鲁西平原王家庄
　　村头健身广场上，
　　村民们，扎堆锻炼扯闲篇
　　三五成群在嘟囔：
甲：“哎？他二嫂，听说了吗？
　　老王家小子也中枪了。”
乙：“啊？究竟是个啥情况，
　　是贪是腐是冤枉（啊）？”
甲：“这事儿可是不好说，
　　反正局长的位子要泡汤（啦）。”
乙：（白）“不会吧，这才当几天啊？”
甲：“什么不会？我前几天去邻庄，
　　见他独自一人走慌张。
　　空着手，低着头，
　　灰溜溜的没声响。

你想想，这事儿是不是太反常？”

乙：“嗯！确实有点挺反常！

堂堂的一个大局长，

怎么也得司机、秘书一大帮（啊）。”

甲：“可不！前阵子治保主任去开会，

还鞭炮齐鸣震天响。

前呼后拥人气高，

吆五喝六的挺排场（呢）。”

乙：“就是！况且人家是局长，

怎么也得修修花、剪剪草，

打扫庭院净净庄。”

甲：大家伙说得正在兴头上。（真是无巧不成书）

怎么这么巧，眼看局长灰溜溜进了庄，

乙：“哎哎哎！快看看，

看来真是无风不起浪（啊）。”

甲（恶狠狠地）：“呸！看啥看？

越看越气想骂娘。

多亏得中央反腐力度大，

才把那牛鬼蛇神一扫光。”

乙：“就是！”

合：现如今，从中央到地方，

老虎苍蝇遭了殃。

乙：前天电视刚曝光，

合：又有一只大老虎一撸到底进班房（啦）。

活——该！

甲：（白）耶——

你听听，老百姓对贪官，

咬牙切齿难解恨，
恨得牙根直痒痒。

合：恨得个牙根直痒痒（啊）！

乙：放下这些先不表，
单表表，王局长一进家门喊声响：
“爹，娘——俺回来了。”

甲：老娘出屋来相迎，
笑容满面闪泪光。

乙：老人为啥这么激动啊？怎么还哭了？

甲：那还用说吗？
“好事不出门，坏事传八方。”
王局长被一撸到底，
这消息，早就传遍整个村庄。
老两口，满心的疑虑和惆怅，
但又怕把儿的自尊伤，
只能是，强颜欢笑在脸上：
“呵……快进屋，
娘做好吃的你尝尝。”

乙：“不了。我是顺道来家看一看，
时间有限很紧张。”

甲：“啊？时间就是再紧，
也得填饱肚子进班房（啊）。”

乙：“嗐！什么进班房啊？
我是下乡去走访。”

甲：“好！你说走访就走访，
男子汉谁没踩过稀泥汤？”
只是今后难把我儿见，

娘心里着实在苦得慌。”

乙：“娘的话，记心上，

俺一定多抽时间看爹娘。”

甲：“好好好，知错就改真不赖，

俺儿从小有志气，

定能改过自新挺脊梁。”

乙：王局长越听越惭愧，

急得他俩眼通红开了腔：

“平日里，儿我因为工作忙，

没能经常看爹娘。

儿的错，儿改正，

还望爹娘多体谅。”

甲：“不看爹娘爹不怪，

只是……你……那个那个……

你叫人一撸到底为哪桩？

到底犯的啥错误，

能不能一五一十给爹讲？”

乙：“一撸到底犯错误？

您……您老的说法……真荒唐。”

甲：“俗话说，知子莫若父，

当爹的，最清楚自己儿子啥情况。

你到底犯的什么错，

什么时候进牢房？

是冤是屈给爹讲，

你爹我，就是搭上这条老命，

也要帮你来伸张。

乙：（哭笑不得地）“哎呀，爹！

你这是说的什么话，
咋还盼儿进牢房啊？”
甲（声泪俱下地）：“你就别装了，
全村早传遍了，
说你是秋后的蚂蚱难嚣张。
你看你，空着手，低着头，
灰溜溜的没声响（啊）。
连个司机都没带，
这种情况不寻常（啊）。
现如今，从中央到地方，
老虎苍蝇一起打，
哎！没想到……
没想到我儿跟着沾了光（了）。”
乙（心平气和地）：“爹！你不要胡思乱想好不好？
如今公车私用不允许，
我是坐公共交通去走访。
实地考察看一看，
为群众尽快脱贫开药方。
正赶上颈椎病又犯了，
所以低头空手神色有恙。
今天是顺道来把二老看，
一会儿还得走访去邻庄。”
甲：（白）“真的？”
乙：（白）“真的！”
甲：“你不是糊弄你爹和你娘吧？”
乙：“我糊弄二老不值当（啊）。”
甲（破涕为笑地）：“同志们啊！我就说我的儿不会那么糊涂，

绝不会一撸到底进班房！
你颈椎现在啥情况？
你过来，爹给你揉揉别逞强。”
乙：（白）“不用！”
甲：“你看你，自己的亲爹客气啥，
不用白不用，快给爹汇报一下新思想。
（白）快坐下！”
乙：（白）“哎！”
王局长望着二老爹娘很感慨，
和风细雨开了腔：
“在以前，有些干部去下乡，
脱离群众讲排场。
现如今，新时代，新形象
党的十九大精神落实忙。
一系列“准则”“条例”都出台，
制度的牢笼固若金汤。
近年来，扶贫攻坚已打响。
我把那，第一书记来担当。
精准扶贫到个人，
一个掉队的都不让！
邻里互助来提倡，
小日子一个更比一个强，
您老一定多保重，
好日子还在后头等您享（呢）。”
甲：“好好好！你爹我已经很知足，
只盼你先把工作放一放。
快给爹生个胖孙子，

俺也好把爷爷当。”

乙：“爹，我保证快下手、快行动、快点娶个好姑娘，
快点怀，快点生，快点添个小儿郎，
让二老爹娘快升级，
抱个孙子小太阳。”

甲：“你这孩子没正形，
跟爹还打离戏腔。”

乙：（白）“哈……”

合：爷俩边说边笑时间快，
日上三竿照了北墙。

乙：“爹、娘，俺该走了，
好吃的下回俺再尝。”

甲：“好……好……你快去吧，
赶紧扶贫到邻庄。”

乙：这就是“扶贫风波”一个小段
下回书……

合：王局长带领群众奔小康。

永远紧跟习主席（山东快书）

阳谷县戏曲协会　袁利峰

咱们的领袖习主席，
时刻把人民记心里。
继承了老一辈光荣传统为
人民服务，
坚定信仰讲真理！
打虎灭蝇反腐败，
不忘初心，捍卫正义！
强军号令震山岳，
威武中华固根基！
实践了“一带一路”大构想，
倡导起“人类命运共同体”！
全世界人民纷纷点赞多么钦佩，
中国地位，“噌啊噌啊”在崛起！
你看那，2018 年的北京城，
春光明媚，春风化雨。

习主席在人民大会堂，
向全国各族人民庄严宣誓把手举！
“我宣誓：忠于中华人民共和国宪法，维护宪法权威，履行法定职责，忠于祖国、忠于人民，恪尽职守、廉洁奉公，接受人民监督，为建设富强民主文明和谐美丽的社会主义现代化强国努力奋斗！”
嘿！
这些誓言和庄严承诺，
就好像久旱的禾苗遇甘霖，
甘霖喜降人心里！
霎时间，
九百六十万平方公里的大地沸腾了，
十四亿人民欢欣鼓舞热烈拥护习主席！
贫困的大妈含泪笑，
她忘不了，习主席慰问走进她家里；
失学的孩子扬笑脸，
他忘不了，习爷爷亲自送他去学习！
这真是——
山也笑，水也笑，
祖国的山山水水多美丽！
老也乐，少也乐，
中国人幸福生活要珍惜！
中华民族有了希望，
中国大地有了朝气！
让我们阔步走进新时代，
坚定信仰志不移！
为了实现中国梦，
咱们永远紧跟习主席！

乡村振兴看茌平（快板书）

茌平县京剧团　把增武

竹板一打响连声，

旭日东升金鸡鸣

时代车轮滚滚动，

前进步伐不能停

习总书记发号令，

要把乡村来振兴：

五个振兴齐行动，全面发展才成功；

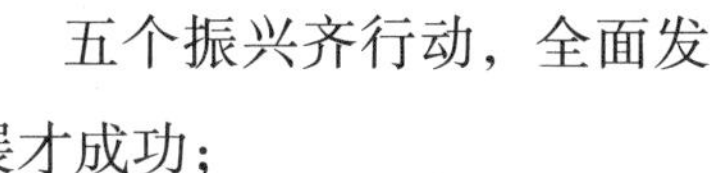

产业振兴是根本，人才振兴是支撑；

文化振兴是关键，生态振兴是依凭；

组织振兴是保证，统筹谋划才能行；

全国奋进齐努力，独占鳌头看茌平。

耿店振兴大发展，中央一号文件做支撑。

县领导实地调研做决定，因地制宜种大棚。

习总书记亲自点赞来夸奖，鲁西寿光传美名。
年轻人纷纷返乡来创业，乡村战场练精兵。
建设家乡能人涌，人才振兴出英雄。
文化氛围多厚重，移风易俗倡新风。
去芜存菁承传统，文化振兴惠民生。
生态振兴护环境，蓝天白云闪繁星。
乡村街道多齐整，柏油马路宽又平。
组织振兴打基础，党员干部做先锋。
党委领导把方向，乘风破浪稳前行。
五个振兴齐发力，蓬勃发展添动能。

耿店振兴咱且不表，再说说还有个小高村乡村振兴是典型。
提起来小高心激动，思绪翩翩忆前情。
当初的小高太落后，省级贫困村子穷。
风沙内涝盐碱地，靠天吃饭苦谋生。
晴天时风沙扑面一身土，雨天时道路泥泞难通行。
外出打工实无奈，只剩下老人和儿童。
县领导精准扶贫做决定，绝不让百姓再受穷。
村子里有位李大娘病重倒家中，无力看病只因穷。
财政局长去探望，送衣送粮忙不停。
大娘问：领导你是谁啊？为何来到我家中。
局长说：大娘啊！咱本是一家人，我是共产党员一颗小小的螺丝钉。
党帮您掏钱看疾病，党帮您脱贫增收成。
党帮您吃好穿得暖，党帮您不再受贫穷。
大娘抓住局长的手，如同抓住了救命星。
热泪不住地往外涌，激动得话都说不清。
县领导了解了小高情况后，下决心誓叫小高脱贫穷。

亲临一线做指导，田间地头忙不停。
村子盖起养兔场，还种韭菜与花生。
养殖种植齐发展，小康路上大步行。

耿店小高发展猛，众乡村紧跟其后不放松：
你看那全县百姓鏖战一线多奋勇；
你看那全体党员齐心协力打冲锋；
你看那道路两旁风摆柳；
你看那农林茂盛绿葱葱；
你看那河渠整齐碧波荡；
你看那万顷良田好收成。
咱们的好领导：
奋战一线不怕苦，扶危济困不言功；
一心为民谋幸福，忘我无私两袖风；
访贫问苦心悬月，一腔正气贯长虹。
全县人民团结一致携手共进斗志高昂众志成城，
朝气蓬勃充满希望奋发图强不愧为百强县茌平。
我们再接再厉再创辉煌再建功。
这就是乡村振兴一个小段，我说得不好大家多批评。
愿诸位身体健康阖家欢乐万事如意福寿康宁！

供水发展谱新篇（对口快板）

茌平县自来水公司　岳　慧　姜　晨

合：竹板一打响连篇，
　　社会发展笑开颜。
　　今个我们来相聚，
　　畅谈供水 40 年。

姜：想当初，七六年，
　　城区管网刚组建。
　　困难多，时间短，
　　不进则退路艰难。
　　公司领导想在先，
　　带领大家把活干。
　　齐心协力管网建，
　　政策支持打前站。
　　高瞻远瞩绘新篇，
　　高瞻远瞩绘新篇。

岳：新时代，新局面，
城区建设步伐快。
人口增多需求大，
供水流量要增加。
思谋划，筹发展，
申报水厂改扩建。
蓄水池，再增加，
加压泵房新更换。
配电站，保安全，
双条线路来供电。
蓄足水，保足压，
群众纷纷来夸赞，
群众纷纷来夸赞。

姜：老管线，铸铁管，
影响输送的安全。
怎么办？怎么办？
新科技，新方法，
高压脉冲来洗刷。
管网清洗连夜干，
高标准，严要求，
水质安全把好关，
千家万户笑开颜，
千家万户笑开颜。

岳：那是一年隆冬夜，

城区管网冻破裂。
调度数据突变化，
显示管网有风险。
供水工人接命令，
急赴抢修第一线。
电话铃声响不停，
丁零零，丁零零，
喂，您好！我们是自来水公司，请问有什么问题可以帮助您？
我正准备做早饭呢，一会儿孩子着急上学怎么就停水了？
耽误了孩子上学，这可怎么办啊？

姜：大娘，大娘您别急，
抢修队员已上前。
公司领导挑大梁，
周密部署保安全。
保证供水及时送，
让您孩子吃上饭！

岳：有句名言说得好，
人不渡海难知水。
是非经过莫知难，
天冷土冻难开挖。
严峻形势摆面前，
怎么办？怎么办？
再大的障碍再高的山，
再苦的环境再大的难，
难不倒供水英雄汉，
锤炼供水人志更坚。

姜：铁洋镐、大铁锨，
工具统统用上先。
你一镐来我一锨，
争分夺秒抢时间。
克服困难渡难关，
事故故障排除完。
区域居民齐称赞，
挽起袖口拍拍土，
继续赶往下一站。

岳：风雨过后是彩虹，
映日荷花别样红。
班子学习是榜样，
各项工作紧跟上。
公司荣登先进榜，
员工喜上光荣台。
多项工作获殊荣，
公司上下笑开怀。

姜：春江月夜吟新曲，
万代千秋同一梦。
新时代，中国梦，
就必须，就必须，
合：满怀信心，中国道路要走好，
凝心聚力，中国精神要弘扬！
万众一心，中国力量要喷涌，

齐心协力，安全供水永相传！

姜：供水人，敢负责，我为民生挑重担。

岳：供水人，喜盈盈，用户认可暖心田。

合：供水人，傲然立，明天蓝图更美丽！

立艺来到咱田间（四根弦）

作词：高唐电视台　张天顺　高唐文化馆　姜　洁

作曲：高唐电视台　张天顺

表演：高唐县文广新局　王金江等

解说词：杜立芝是高唐县农业局副局长，高级农艺师。她参加工作32年来始终奋战在农业第一线，跑遍了全县700多个村庄，现场指导8000多次，帮农民增收2000多万元，被誉为高唐30万农民致富的主心骨、贴心人，农业丰收的“保护神”。她先后被评为“全国三八红旗手”“全国最美基层干部”，连续当选为党的十八大、十九大代表。下面选取她一件深入田间为农民排忧解难的小事，用省“非遗”项目高唐四根弦的曲调演唱一小段。

六月里三伏好热的天，
俺背着喷雾器下了棉田。
眼下的盲蝽象治不下去，

这可叫玉兰俺犯了大难。
今门早清给立芝打了热线，
多么盼她快来帮帮俺。
说话间地头上开来一辆车，
正是那立芝她来到咱田间（过门）。

（玉兰白）你看把你给热的，你怎么不等天凉快了再来啊？
（立芝白）今年雨水大，附近几个村都比较严重。这不，给你带来了防治的好方法。
（玉兰白）哎呀，立芝你来得真及时，俺正不知道盲蝽象咋防呢！我代表俺全家谢谢你啦！

玉兰俺接过药方手发颤，
激动的泪水挂腮边。
立芝啊，你是全国两届的党代表，
总书记教导牢记心间。
接“立芝热线”你不分早和晚，
来田间做指导哪管暑和寒。
七百多个村庄你全跑遍，
为农民排忧解难整整三十二年。
俺盼着立芝你多保重，
再为咱庄稼人服务它一百年。

说说这五年（山东快书）

聊城市技师学院　齐　昕

盛夏季节好时光，
东风吹来那百花香；
看远处，希望的田野丰收忙，
割了麦子种棒子，
好日子一天更比一天强！

万物生长靠太阳，党的十九
大精神放光芒；
今天不把别的表，只把那党的声音来传扬！
小区有一位老党员，姓李名叫李东昌；
这位大爷的觉悟高，退休之后在家忙；
最近心里实在是美，（为啥这么美呢？）
党的十九大报告天天学，句句的话儿记心上，
退休不能褪了色，党性觉悟不离岗！
我要把新时代的中国梦，

向每一位同志来宣讲。

看中国，赶世界，祖国实现了新跨越；
咱习总书记有远见，胸怀全球望得远，
治国理政讲科学，砥砺奋进抗风险，
不忘初心永向前，牢记使命志更坚。
忆往昔，弹指间，喜看中国这五年；
经济发展居前列，改革的活力在显现；
文化自信来彰显，党的建设更全面；
生态建设做贡献，绿水青山就是金山和银山。
开启了强军新纪元，朱日和阅兵真威风，
南海之上看一看，航空母舰驱逐舰，
劈波斩浪，纵横万里海疆，
勇闯远海大洋奔向前！
新时代，新方略，励精图治求飞跃，
强农村，重农业，支援三农最坚决，
全面小康在攻坚，精准扶贫点对点。

讲民主，讲路线，党的领导是关键，
依法治国新实践，制度体系要健全，
民主政治要体现，保证人民的当家权。
勤为本，孝当先，中华文化五千年，
牢记核心价值观，诚信友爱把手牵，
公民道德讲奉献，繁荣文化是关键；
尊老爱幼学先贤，经典国学谱新篇。
两岸同胞许心愿，血浓于水骨肉连，
中国的地，中国的天，祖国统一要实现，

领土完整坚决不容来侵犯，举国共画同心圆！

民风淳，官风廉，官民鱼水心相连，
打老虎，拍苍蝇，海外的狐狸抓回来，
反腐倡廉不松懈，“八项规定”要从严。
人为本，民为天，同舟共济肩并肩，
众志成城克服困难和艰险，
实现两个一百年，
把民族复兴的伟大事业来创建！

五年辉煌大发展，历史翻开新一篇，
民心所向民心愿，习总书记全票来当选，
一心跟党向前走，敢叫日月换新颜，
迎来幸福艳阳天，共享盛世太平年！

党的十九大精神放光彩（木板大鼓）

聊城高新技术产业开发区韩集乡尹庄村　叶泗常

回想起九十七年前，
长夜难明赤县天。
中国人民受苦难，
三座大山压在肩。
十月革命炮声响，
马列主义到人间。
一面红旗迎风展，上绣铁锤和银镰。

南湖红船要起航，一大精英写红篇。
中国有了共产党，从此裂地又开天。
反动屠杀四一二，南昌起义把军建。
红旗插上井冈山，党的支部建在连。
长征路上多艰险，雪山草地走个遍。
革命理想大于天，燎原之火到延安。
十四年抗战胜利，老蒋败退逃台湾。

从此人民得解放，祖国大地换新颜。
锣鼓喧天喜庆贺，人民做主忆从前。
土地改革搞得好，斗地主、斗恶霸，热火朝天。
穷苦翻身做了主，分了房、分了地，有了吃穿。
想想现在比比从前，以前是地，现在是天。
旧社会大街去要饭，一顿饥一顿饱，苦受熬煎。
春秋夏季还好过，就怕三九大雪天。
整天大街把饭要，冻得浑身打战战。
现在生活多么好，孤寡老人住上幸福院。
“五保户”到节又给米又给面，又给油，又给钱，
老年人每月还给 100 元。
自种自吃粮食产，小麦良种补给钱。
全心全意为人民，扬程共建谱新篇。
英明会议十八大，打虎拍蝇正风廉。
治国理政新局面，五大发展好理念。
群团会议指方向，坚持三性不走偏。
克服四化强党性，两学一做干在先。
提速圆梦强本领，学历教育还奖钱。
这样好事很少有，梦中醒来在笑颜。
党的十九大会议说得好，脱贫致富要占先。
贫穷帽子要摘掉，小康路上走在前。
国家号召抓环保，空气新鲜不污染。
新时代科学种田机械化，再不用面朝黄土背朝天。
时间就有这么点，党的好处说不完。
有空打开天一网，莫要说戏说得偏。
纪念建党九十七年，重温誓言志更坚。
心中有党有忠诚，团结奋斗永向前。

第三辑　视频篇

身边的榜样

莘县广播电视中心

【现场】吃饭抢救病人

【解说】这是莘县人民医院重症监护室里最常见的一幕，已经是中午时分了，由于重症监护室里的病人都很特殊，一刻也离不开照护，所以值班的医生和护士，要轮流吃午饭。孙全凯和他的同事正在吃饭，突然间有病人发生意外，他们扔下碗、筷就去抢救了。

【同期】孙全凯讲经常这样

【解说】孙全凯是一名“90后”的男护士，是莘县人民医院全院18个男护士之一，从2011年至今一直在重症监护室工作。“全年无休，下班没点”是他日常工作的写照，在传统观念里，护士一般都是女的，一提到男护士，有很多人会不理解，所以从事男护士这项工作，需要很大的勇气，也要背负很多的不理解。

【同期】孙全凯讲和同学聚会

【解说】重症监护室里，不允许家人陪护，所以病人每天面对最多的就是护士，重症监护室里的病人大部分是意识模糊的病人，重症监护室里的护士不仅仅输液打针，还要给病人洗漱、喂饭、翻身、处理大便等，由于病人长期卧床，排便困难，用手掏更是非常正常的事。在工作中，孙全凯主动承担起科室里最脏最累的活，给病人翻身，清理大便等。

【同期】同事，护士长

【解说】孙全凯把病人当成自己的家人，总是尽心尽力地去想如何能减轻病人的痛苦，医疗设备的辅助对病人也起不到理想的效果的时候，他就会自己想办法去解决。

【现场】吹气球

【解说】重症监护室里的护士，一旦上了班，就没有停下来的可能，病人病情一般都很严重，需要孙全凯他们一刻不停地去照护，每个病床之间来回走动，不大的空间里，一个班下来，走一万步是很正常的事，除非需要写病人记录了，才能坐下来休息片刻。

【同期】孙全凯

【解说】孙全凯的对象也是莘县人民医院的一名护士，由于二人工作的特殊性，常常是你下夜班，我该上白班，结婚没多久的小夫妻，这样的日子过了很久，如果他们不换工作，以后的日子里，还要经常面对这样的情况。就连孩子出生的那天晚上，孙全凯也坚守在工作岗位一线。

【同期】孙全凯，吕童

【解说】自从 2011 年参加工作以来，孙全凯把医院当成家，把病人当亲人，收获了病人及病人家属满满的感动和领导的高度肯定，还有那大大小小的奖状。

【现场】莘县中医院手术室做手术

【解说】这是一起疝气手术，对于张玉涛和他的团队而言并不算难。尽管刚刚值完夜班，但是一上手术台，张玉涛就全身心地投入了进去，完全没有了时间观念。

【同期】张玉涛讲手术过程中不觉得累

【解说】自从 1993 年毕业分配到莘县中医院，张玉涛已经做了 25 年的外科医生，大大小小的手术，他已经记不清做过多少台。早在 2001

年，时年 27 岁的张玉涛就掌握了一套独立的抢救方法，使莘县中医院的高血压脑出血手术治疗的成功率显著提高。

【同期】闫恒山讲有什么疑难病就找他

【同期】张玉涛讲手术方法

【现场】张玉涛问诊侯兰英

【解说】今年 75 岁的侯兰英老人摔伤骨折已经住院一个多月，由于没有子女，都是 80 岁的老伴夏成聚照顾。而夏成聚老人因为年纪大，照顾起老伴总是感觉力不从心。张玉涛看在眼里，一个月来，主动帮忙，给两位老人买菜送饭，还从家里拿来衣服给老人替换，稍有空闲就去查看老人的情况。朴实的老人不知道如何表达自己的谢意，就抱了一大捆种的菠菜，非要送给自己心目中的好儿子。其实这样的事情经常发生。因为所在的科室急诊病人比较多，经常会遇到车祸病人、“三无”病人，每到这个时候，张玉涛就主动承担起照顾病人的职责。

【同期】陈集军讲很多的“三无”病人

【同期】张玉涛讲已经成了义务

【解说】“良心做人，精诚为医”是张玉涛一直践行的宗旨。在张玉涛的从医之路上，父亲不仅是他的领路人，更是他学习的榜样。张玉涛的父亲张士俊当了一辈子医生，退休之后又被返聘到莘县中医院神经内科坐诊。

【同期】父亲采访

【同期】张玉涛讲父亲是我的榜样

【解说】人的精力是有限的，张玉涛几乎把所有精力都倾注到工作上，对于其他事情，尤其是家庭就难以兼顾。作为一个儿子、父亲和丈夫，说不亏欠是假的。年轻时他喜欢打球，爱好广泛，但是现在他的爱好都变成了看病。工作之余，张玉涛还会组织义诊。他说，能为患者减除病痛，是一名医生最幸福的事。医生之路漫长，希望张玉涛能够遇见一个又一个的幸福。

第一书记扶贫记

聊城市工商行政管理局

孤身一人在乡村，独守长夜且思亲。
个中滋味谁能解，但求自问无愧心。
呕心沥血真扶贫，矢志不移莫沉沦。
只盼村强民富日，凯旋班师又一春。

这首《驻村独白》的作者，是市工商局驻临清市潘庄镇陈沿村第一书记张正凯，诗中所表达的正是他驻村一年来的所思所想。

2015 年 5 月，张正凯响应市委“双联共建”政策号召，入驻临清市潘庄镇陈沿村。一年多来，他积极组织调研，争取国家资金政策扶持，扎实努力工作，联系村中实际，为陈沿村在经济、政治、文化等多方面的发展带来了明显的成效，真正改善了村民生活。

完善机制 深入群众

面对村两委班子成员，他明确自己第一书记的职责要务，强调自己的作用在于加强村党支部班子建设，增强村两委的领导能力，避免产生抢班夺权的误会，但同时他也对两委成员在纪律作风建设方面提出要求；

面对党员群众，他开展交心谈心活动，了解村情民意，以诚恳的态度、朴实的语言，很快便得到村民们的信任支持，同时积极发挥党员的模范带头作用，规范党员和群众代表会议制度。完善了村级事务广泛参与民主决策的体制机制，又拉近了第一书记与干部群众的距离，为以后村子建设重大事项的决议和顺利实施奠定了基础。

积极调研　脱贫致富

对于如何达到帮村民脱贫致富的目的，张正凯有一套明确的思路。

首先，张正凯积极调研，了解村中情况，急村民所需，为村民争取政府资金支持。2015 年 6 月，为了解决村民浇水困难，他向局党组争取到 3 万元打井抗旱资金，一次新增 8 眼机井；初冬，为 30 多户困难家庭的取暖补助和御寒物资，向局机关申请拨付了 1.5 万元；2016 年 5 月，提请局领导班子成员集体到村开展走访调研工作，带来 2 万元扶贫资金。与财政部门积极协调，争取到 10 万元的“一事一议”项目资金，用于建设占地 1400 平方米建筑面积 360 平方米的村民文化活动中心，该项目将于 2016 年底落成使用，届时，将极大地丰富村民农闲时的生活。

2015 年 10 月联系鲁西化工以出厂价为村民提供 26 吨复合肥，2016 年 6 月又为村中低保户和特困户争取到 22 袋免费复合肥；协同玫琳凯公司出资 3 万元，为潘庄镇树人小学捐献 1500 本图书和文具，为学生们增添了新的阅读空间，开拓了他们的视野，让他们感受到学习知识的乐趣，极大地丰富了学生们的精神生活；组织安利公司、金鼎传媒在重要节日期间为村中困难群众捐赠 3 万多元食品、服装和学习用品。

重点困难户帮扶

为了更好地帮助重点困难户，张正凯入户调查走访 240 多人次，为 85 户村民发放联建联系卡，为 30 多户困难户制定有针对性的脱贫措施，为 3 名残疾人办理残疾人证，为 7 名儿童协调申报户籍手续，为 20 多户困难家庭学生减免上学费用。

未来，在市工商局和潘庄镇镇委镇政府的支持领导下，张正凯将进一步加强村级领导班子建设，建立民主决策管理的长效机制，继续加大精准扶贫工作力度，努力拓展扶贫项目的参与面，争取各个层面的政策和资金支持，引导村民走集中运作、扩张规模、可持续发展的脱贫致富之路。

有事找老黄

聊城经济技术开发区党工委宣传办

一、人物设定

1. 小光（男）：7 岁，萌萌哒，聪明伶俐，城市男孩。

2. 李奶奶：70 岁左右，下巴有颗痣，做事麻利，勤劳慈祥，农村老太太。

3. 小姐姐：14 岁女孩，外向聪明，三好学生。

4. 专家：30 岁左右，林木专家，文质彬彬，眼镜男。

5. 老黄：40 岁左右，亲和力强，见过世面，领袖型中年男子。

6. 爸爸：30 岁左右，技术骨干。

7. 妈妈：30 岁左右，温柔贤惠的职业女性。

二、创作主题

本片通过孩子的眼睛，展现了新农村“秦庄”的风景。小主人公小光见到的李奶奶、小姐姐、助人修车的男士、爬电杆的电工、林木专家都称自己是“老黄”，用“老黄”的身份去帮助他人，展现了村民的精神风貌。农村“老黄”这一生动的文化符号，展现了现代农民在建设家乡、科技兴农、环境保护以及社区维护中自发自愿的热情。这是现代农村的代表，而“有事找老黄”更加成为精神文明建设的口号与符号。

三、故事梗概

小主人公小光一直生活在城市，而他的父母在开发区“秦庄”新农村安了家。一天，在小光父母带他去新家的路上，小光望着车窗外满眼的绿色，呼吸着清新的空气，很是欣喜。但同时他又有些担心，在城市生活那么便利，在农村如果遇到问题该怎么办呢？妈妈告诉他，“有事找老黄就行了。”小光有些疑惑。

可到了一看，新农村里小别墅林立，新家现代化的装饰一应俱全。父母嘱咐小光在家乖乖待着，他们出门去找“老黄”报到。

小光在家待得无聊，自己偷偷跑出来了。走到街上，看到有个外地游客扔矿泉水瓶，过来一位老奶奶，麻利地拾起瓶子放到垃圾袋里。老奶奶看到旁边的小光一个人，便想要送他回家。小光跟老奶奶说：“不想回家，想要找老黄。”老奶奶说：“我就是老黄。”小光满意地转身跑走了，老奶奶追了几步，小光消失在街道转角。

小光在转角处碰到了一个小姐姐，他告诉小姐姐老黄追他。通过小姐姐的话小光知道那是李奶奶，不是老黄。小姐姐问小光：“你需要帮助吗？我是老黄。”小光更加困惑了。

小光走在路上，发现远处两个人在修理轿车，一位中年男子向另一位中年男子道谢：“请问您贵姓？”另一位中年男子说：“就叫我老黄吧。”小光顺着跑过去，看到电线杆上有一名电工正在帮人把电路接好，电工也自称老黄。

小光迷路了，走到树荫下，看到一名专家指着树木，现场讲解病虫害的防治。小光求助，“我迷路了，我要找老黄。”在专家询问小光的家庭住址时，小光摇头答不上来。专家说：“那只好把你送到老黄那里了。”小光忍不住问：“你们都糊涂了吧？你们都是老黄？还要把我送给老黄？”

小光来到村委会，见到了真正的老黄。原来，村支书老黄放弃了经营多年的企业，返乡一心一意为乡亲服务，他才是真老黄。乡亲们人人都学他的样子，也都称是老黄。此时李奶奶匆忙赶来，想要告诉村支书，她看到一名小朋友在外面乱跑，怕他找不到回家的路。小光走上前，告诉李奶奶：“不要着急，我就是老黄！有事找老黄！”

解忧人

聊城市司法局

一、影片主题

通过此片，紧紧围绕“中国梦·新时代”这一主题，展现司法局工作职能，反映司法局的良好形象。

二、影片类型

5—10 分钟微电影；故事情节类。

三、影片片名

《解忧人》。

四、影片剧情简介

影片将采用倒叙的叙事手法进行开场。

场景：司法所调解室。

人物：刘大爷、张所长。

事件情节：刘大爷激动地握着张所长的手，感激地说：“张所长，真的是太感谢您了！前前后后忙了那么多天，都没顾得上喝俺一口水，抽俺一根烟，您真是咱们老百姓的解忧人呐！”

张所长：“刘大爷！为咱老百姓排忧解难是我的责任啊！”

画面淡出，出片名：解忧人。

场景一：法制宣传现场

人物：张泽波 、张大爷、李大妈、刘大爷、群众演员若干。

道具：桌子、凳子、水壶、一次性水杯、法制宣传现场条幅、法制宣传资料、鸡蛋。

解说词：现在四处奔波的是冠县桑阿镇司法所所长张泽波，桑阿镇的大街小巷，经常出现他的身影，他被桑阿镇的百姓称为“解忧人”，这不，在咱们今天的法制宣传现场，他又出现了。

注：这里需要拍摄张所长走访群众，进行交流的场景；现场向群众解答咨询；张所长以及工作人员在耐心解答群众的咨询。

解说词：跟着镜头，出现在我们画面当中的这位是张大爷，每当镇上举行法制宣传的时候，张大爷都会准时来参加，认真地向工作人员咨询他最近遇到的新的法律问题，是一位学习标兵，每每看到他认真学习的态度，真想给他颁发一朵小红花。

注：张大爷走到法制宣传桌前，向工作人员咨询法律知识的镜头，坐在凳子上看相关法律资料的镜头；和其他前来咨询的群众交谈的镜头。

解说词：提着鸡蛋的这位是李大妈，自从张所长为她调解好他们家的宅基地纠纷之后，只要碰到我们，李大妈都会十分感激地以她自己的方式过来向张所长表示谢意。

注：拍摄李大妈提着鸡蛋走近的镜头，和张所长交谈以及推让鸡蛋的镜头，刘大爷入画的镜头。

对话：正在张所长推辞着李大妈的好意时，刘大爷满面愁容地走到张所长面前。

刘大爷：“张所长，你是咱老百姓的解忧人，你可得帮帮我呀！我实在不知道该怎么办了。”

张所长：“老人家，别着急，有话咱慢慢说！”

张所长一边张罗着让张大妈先把鸡蛋拿回去，一边让刘大爷坐下。

张所长：“小于！给老人家倒杯水！老人家，您遇到什么难题了？”

刘大爷：“张所长啊！你不知道……”

注：拍摄一些刘大爷和张所长交流的镜头，小于在一旁做笔记的镜头（用于解说词）。

场景二：刘大爷家中；街道

人物：刘大爷、群众演员两人（一人饰邻居，一人饰儿子）。

道具：一张判决书（不拍近景，不一定是真的）、蔬菜或水果。

解说词：通过老人家的哭诉，我们了解到，刘大爷今年已经63岁，家里唯一的儿子前几年遭遇意外去世，儿媳带着孙子也改嫁他乡，刘大爷备受打击，但好在街坊邻里心善，政府也积极主动帮扶，这几年生活终于没有那么困难了。可谁知，当一切都慢慢好转的时候，刘大爷接到了一纸判决书，内容是刘大爷的儿子生前在银行贷款几十万元，逾期未还款，刘大爷作为贷款合同的保证人被银行起诉，但是刘大爷并不知道这些钱去了何处，可判决书上证据确凿，刘大爷实在想不出办法，只好找张所长来求助。

注：刘大爷走在街道上的镜头；街坊邻居给刘大爷送温暖的镜头，可以是蔬菜，可以是水果；刘大爷从桌子上拿起判决书看的镜头；刘大爷坐在门口吸烟的镜头（前提是吸烟）。

对话：

张所长：“刘大爷，您不要太伤心，这件事我们已经了解了，您放心，作为群众的解忧人，我们一定会帮您想办法，这样，您先回去，有什么事情我们和您电话联系，小于，你把刘大爷电话记一下。”

画面淡出，会议室里，张所长以及各位同志正在讨论刘大爷的事情。

场景三：司法所会议室

人物：张所长、小于、唐律师、邢律师。

道具：水杯、《司法部、中国银行保险监督管理委员会关于在办理继承公证过程中查询被继承人名下存款等事宜的通知》。

对话：

张所长：“今天在法制宣传现场，咱们都了解了刘大爷的遭遇，小于，说说你的想法。”

小于：“大爷实在太可怜了，儿子出了意外，儿子生前借的钱还得他偿还，自己又年老体弱没有收入来源，让他以后的日子怎么过啊！都说人死账清，为什么法院还是判银行胜诉呢？”

张所长：“小于，法院的判决肯定是依法有据，唐律师，你从法律上帮我们分析一下这起案子吧！”

唐律师：“刘大爷的儿子刘某生前和银行签订金融贷款合同，刘大爷为他的儿子提供连带责任保证，根据法律规定，若刘大爷的儿子到期没有按约定还款，银行既可以要求刘大爷的儿子还款，也可以要求刘大爷在其保证范围内承担还款责任，由于银行起诉时刘某已死亡，丧失了民事主体资格，不能再列为被告，因此银行选择起诉金融贷款合同保证人来追回贷款是符合法律规定的。”

张所长：“那从法律的角度我们可以为刘大爷做些什么吗？”

邢律师：“刘大爷的儿子是因为意外而突然去世，其名下有可能留有存款，我们可以帮助刘大爷联系一下公证处，依据《司法部、中国银行保险监督管理委员会关于在办理继承公证过程中查询被继承人名下存款等事宜的通知》，让刘大爷儿子的所有继承人共同去公证处办理存款查询函，这样就可以凭借查询函查询其儿子在各银行业金融机构的存款信息了。”

张所长：“那实在是太好了，小于，你马上和咱们县公证处联系一下，看看需要什么手续，联系好后，咱们和刘大爷他们一起去办理，我们可不能耽误了刘大爷的事啊！”

小于：“好，我这就去！”

场景四：公证处；两三家银行

人物：张所长、小于、刘大爷、刘大爷儿媳。

道具：查询函。

解说词：就这样，在张所长以及工作人员的陪同下，刘大爷和他的儿媳等人拿着查询函顺利查清了刘大爷儿子在县城几家银行的财产并还清了银行欠款，并且还剩下不少积蓄。

注：拍摄在公证处办理查询函的镜头，去各大银行的镜头。

场景五：司法所办公室

人物：小于。

道具：电话。

小于给张所长打电话的场景。

场景六：张所长家中

人物：张所长、张所长家人。

张所长正在和家人吃饭，电话响了起来，小于打来电话说：“张所长，又出事了！”

张所长：“别着急，慢慢说！”

小于：“刘大爷因为儿子留下的财产和儿媳产生了矛盾，刘大爷想要轻生！”

张所长：“我知道了！我这就赶过去！”

注：拍摄张所长和家人吃饭的镜头，张所长放下碗筷出门的镜头；可以的话加拍一个张所长妻子站起身看着张所长关门的镜头。

场景七：街道

人物：张所长。

里得到关爱，弥补其失去的父爱，有利于其健康成长。

刘大爷儿媳：“行，我考虑考虑！”

注：拍摄人民调解员和刘大爷儿媳沟通的镜头，人民调解员离开的镜头；如果可以，人民调解员的话可以更通俗、口语化一些。

场景十二：司法所调解室

人物：张所长、小于、刘大爷、刘大爷老伴、小男孩、刘大爷儿媳。

道具：水果。

刘大爷和儿媳两家人来到司法所，在司法所调解室中，两家人握手言和。

刘大爷儿媳：“张所长，以后我们共同把孩子抚养长大！”

张所长（笑着）：“这才对嘛！”

刘大爷对张所长十分感谢，拿出带来的水果表示感谢。

张所长（推辞）：“刘大爷，这些您拿回去，为咱老百姓排忧解难是我的责任啊！”

刘大爷：“张所长，您真是咱老百姓的解忧人啊！”

注：拍摄两家人走进司法所的镜头；拍摄司法所两家人握手言和的镜头；拍摄刘大爷表示感谢的镜头；拍摄全景结尾。

解说词：经过多方调解与沟通，刘大爷和儿媳两家握手言和，这桩由财产引起的家庭纠纷，也圆满解决。

注：出最后解说词的时候，可以黑屏出字：有关张泽波的基本介绍，或有关司法的职责。

结尾：

解说词：张所长只是全市 142 个基层司法所长中的一员，他的工作也只是全市司法行政工作的一个缩影。在全面深化依法治国的实践背景下，在扎实推进依法治市的进程中，全市司法行政人在每个乡镇、每个村居默默无闻地工作在基层一线，无怨无悔，任劳任怨，为实现心中的司法梦、中国梦贡献着自己的力量。

注：

主要场所：司法所（办公室、人民调解室、会议室）、公证处、刘大爷家中、刘大爷儿媳家、张所长家、法制宣传现场、银行、街道。

主要人物：张所长、小于、刘大爷、刘大爷老伴、张所长家人、人民调解员、两位律师、法律顾问、张大爷、李大妈、群众演员若干。

主要道具：桌子，凳子，水壶，一次性水杯，法制宣传现场条幅，法制宣传资料，鸡蛋，一张判决书（不拍近景，不一定是真的）；蔬菜，水果；查询函，《司法部、中国银行保险监督管理委员会关于在办理继承公证过程中查询被继承人名下存款等事宜的通知》；司法车。

铁血柔情

聊城经济技术开发区党工委宣传办

一、创作背景

按照 2017 年“家国梦——聊城好故事”的要求，展示聊城经济技术开发区在创建全国文明城市进程中的良好风貌，讲好聊城故事，传播聊城声音，在前期进行充足社会调研的基础上，对开发区社会精神文明建设成果进行深入了解和研究，积累了大量素材，根据聊城真实故事改编，以此来创作剧本。

二、创作主题

打破人们对“刑警”的固有认知，塑造了一位既亲切温和又威严敬业的女刑警“武队长”，通过抓捕惯偷“王顺”与照顾杀人犯父亲张大爷，展现了公安刑警这一固有形象的柔情一面，最终用杀人犯自首和给孩子买书包，展现了武队长内心的“铁血与柔情”。

三、人物介绍

1. 武队长（以下简称“武队”），女，沉稳踏实，有担当，三十几岁，中年刑警。

2. 小陈，男，二十五岁左右，英俊、干练、急躁，年轻刑警。

3. 张大爷，六十几岁，沉默寡言、朴实，典型的农村老人。

4. 王老扒，三十几岁，贼眉鼠眼，小偷。

5. 媳妇，三十几岁，善良的打工妹。

6. 小宝，六岁男孩。

四、故事梗概

本故事主要讲述了刑警武队长，在工作之余去给杀人犯的父亲张大爷送生活用品，并亲自下厨给他做饭，展现了她公正刚毅之外的柔情。在抓惯偷王顺的时候，也是几经周折，多次蹲点，好几次都被王顺逃脱。但就是在最后深夜蹲点即将抓捕的时候，还是让王顺给儿子小宝过完了生日，并对小宝说："小朋友，爸爸要跟叔叔出去做一项重要的工作，会离开一段时间，你要乖乖在家听妈妈的话，好吗？"在王顺儿子面前，给他保留了父亲的尊严。但同样作为一个孩子的母亲，武队长却因工作而对孩子多次食言。

故事结尾以杀人犯王大愣自首为结尾，铁血柔情也能拯救迷途心灵。

阳谷赞

阳谷县戏曲协会曲艺艺术中心　袁利峰

打竹板心欢畅，中国梦来畅想。
打竹板好激动，说说心中的阳谷梦。

合：打竹板心欢畅，中国梦来畅想。
打竹板好激动，说说心中的阳谷梦。

阳谷县美名传，灿烂文化几千年。
观日阳种五谷，农耕文化数一数。
东夷都千年城，蚩尤始祖创文明。

九曲黄河蜿蜒过，悠悠运河数兴落。
南苏杭北临张，阳谷美誉传四方。

阳谷县里出英雄，武松打虎树威名。
孙膑摆下迷魂阵，大战庞涓美名留。

要赞阳谷的真不少，主要方面要说到。
博济广场石桥下，去任留犊传佳话。

我带你逛逛咱们的狮子楼，
再现了宋朝的商业与繁华。
景阳冈蚩尤陵，文化旅游数文明。
古阿井海慧寺，刘邓大军渡河留遗址。
革命精神传佳话，红色文化代代传。
游南湖逛北山，阳谷的风景不一般。

人杰地灵人称赞，这里的美酒佳肴醉神仙。
五更炉熏鸡味道美，景阳冈酒不喝你后悔。
武大郎炊饼阳谷哨，潘金莲咸菜好味道。
阳谷美誉甲天下，好客阳谷把你来欢迎。

继往开来展宏图，万众一心奔前途。
党委政府决策高，工业立县作目标。
目标规划鼓舞人，富民强县战鼓催。
说一千道一万，阳谷的发展说不完。
招商引资做重点，迎来经贸春满园。

震全国，名声大，
师资力量好的铜谷小学是咱家。
是咱家，是咱家，
对，阳谷就是咱们的家。

打竹板喜洋洋，我们再把农业唱。

树立科学发展观，农民致富笑开颜。

农业结构大调整，狠抓投入产量增。

特色农业搞创收，花卉果蔬鼓钱兜。

现代农业示范园，农民的收入成倍翻。

工业农业成主导，发展步入快车道。

党的十九大风帆动，乘风破浪春潮涌。

百姓乐业民安康，和谐发展梦飞扬。

阳谷美，人更美，阳谷怎么就那么美！

阳谷怎么就那么美！

百姓心中有期盼，全民追随中国梦。

阳谷梦，千年梦，美好生活有奔头。

正义诚信，豪迈直爽，不畏艰险，勇往直前，艰苦奋斗，前仆后继的阳谷人！

托起美好的中国梦！

供热历程四十年（解说词）

茌平县市政公用事业管理局

对于茌平县居民来说，平房、土路、板车上拉着蜂窝煤走街串巷的叫卖声成为80年代冬季记忆中的烙印。那个年代，茌平县人民冬季取暖主要依靠家用小煤炉烧蜂窝煤，院子角落里整齐地码放着一摞摞蜂窝煤。从屋内长长的烟囱通向户外。集做饭与取暖一体，从外面归来的家人都会围着煤炉暖暖手、搓搓脸，红红的火苗祛除了一身的寒气。

一到冬天，县城里的空气中到处飘荡着煤烟味，而且煤炉取暖存在许多安全隐患，县委、县政府每年多次组织开展预防煤气中毒知识宣传，督促大家注意煤炉通风。

老人： 当时大家就想着，什么时候能不用这小蜂窝煤也能暖和，那就好了。

1984年7月，茌平县电厂开始筹建热电厂，同时建设蒸汽热力管网，既能发电，又能利用剩热转换蒸汽来向汽网用户供热。以往火电厂燃煤发电的热效率只有40%左右，而热电厂既能产热又能发电，综合热效率能达到70%~80%，达到明显地提高供热质量、增加电力供应的目的。至2005年，年供热量可达250.2万吨。供暖主要满足城区内的机关事业单位的家属楼，供暖面积 60 万平方米，供暖区域主要集中在顺河街沿线，还无法惠及城区其他居民。

2000 年 9 月 1 日，国家开始实施的《中华人民共和国大气污染防治法》，支持城市发展集中供热。在国家政策的大背景下，2006 年 6 月，县委、县政府积极组织，成立茌平县城市集中供热工程领导小组，并出台《城市集中供热工程实施意见》（茌政发〔2006〕47 号文件），按照《城市集中供热工程实施意见》，一方面加强集中供热新管网建设；另一方面集中供热工程确定利用茌平信发热电有限公司作为热源，向城区集中供热。

截至 2016 年，茌平县已建成供热主管网长度达 83 余公里，集中供热面积达到 240 万平方米，换热站有 51 座，直供井有 92 个，供热能力达 400 万平方米，供热覆盖用户近 2 万户。集中供热工程不断提高供热服务质量，优化供热效率，促进供热事业良好发展，对提升茌平县环境质量、节约能源、减少环境污染等做出了积极的贡献。

城里暖和了，农村呢？

2016 年 12 月 21 日，中央财经领导小组第十四次会议上，习近平总书记强调，要按照企业为主、政府推动、居民可承受的方针，宜气则气，宜电则电，尽可能利用清洁能源，加快提高清洁供暖比例。

为深入贯彻落实党中央、省、市关于大气污染防治一系列重要决策部署，将其作为重大的政治任务和民生工程抓紧抓实，在充分尊重群众意愿的前提下，按照“宜电则电、宜气则气、多能互补”的技术原则，科学谋划，坚持高标准、快推进、严督导，2017 年，茌平县共完成清洁取暖改造 21350 户，其中煤改气的有 19115 户，煤改电的有 2235 户，占全市总任务的五分之一，超出市任务数 950 户，超出省任务数 14677 户，涉及 14 个乡镇街道 113 个行政村。在去年底，全市委托第三方考核中，茌平县位列全市第一。

采访：咱们这个初装费补贴 5000 元以后，安装费用自己拿的就不多了，现在咱这个村里卫生有人打扫了，自来水也通了，再通上暖气，那就跟城里一个样了，正儿八经的是新农村了。

与此同时，为减少群众使用成本负担，茌平县还加大了补贴力度，每户每年补贴 1000 元，连补三年，真正让群众安上暖气，用上暖气，热到心窝里。

院子里干净了，屋子里暖和了，群众的心里也绽开了花朵。改革开放 40 年，茌平县供暖事业从城区走向了乡村，从小煤炉走向了清洁取暖。百尺竿头更进步，日新月异祛冬寒。2018 年，茌平县将继续深入学习贯彻习近平新时代中国特色社会主义思想和党的十九大精神，全心全意为人民服务，让民心更暖天更蓝。

片尾字幕：2018 年，根据市委、市政府安排，茌平县提早部署、科学规划、全力推进，明确 2018 年清洁取暖需改造户数 10011 户，涉及 13 个乡镇 80 个行政村。其中气代煤户数 8004 户，电代煤户数 2007 户，目前已全部分解到户，预计供暖季来临前全部完成改造任务。

干　杯

茌平县中小企业局

一、演员

宋大成、王晓丽、大成爸、大成妈、晓丽爸。

二、故事概况

岳父来了，所到之处耳目一新，通过女婿的介绍，深刻感受到习总书记的“四个全面”的战略布局。通过山东省的新旧动能转换重大工程实施，在茌平县委县政府的领导下，城乡面貌发生了重大变化。茌平富裕，乡村振兴，人民幸福，共同为生活在这样的好时代、茌平的大发展、姑娘找到了好丈夫干杯！

三、场景设置

1. 别墅中：大成看新闻，晓丽洗澡，突然断水

习总书记：我看到一篇采访报道说，这个茌平县贾寨镇耿店村……

晓丽：老公，看你买的这破太阳能又漏水了，我爸来了怎么洗澡啊？明天赶紧去买个新的！

大成：好，听你的老婆，你说买啥样的就买啥样的。

晓丽：我好几个同事都说豪瓦特太阳能质量好，要不咱也买一款豪瓦特的怎么样？

大成：豪瓦特太阳能？行，正好我和他们老板熟，明天我们就去买！

2. 别墅外：奔驰车，去豪瓦特，途中走新政东路（在平宾馆），至中心街左转（京都），途经县政府，至小隅首左转，走迎宾大道（高档建筑楼群），至豪瓦特

王总：您好宋总！

大成：喂，王总你好，明天上午八点半我去你公司选一台太阳能热水器。

王总：哦，好的好的，宋总，嗯，那明天见。

大成：再见，再见。

3. 豪瓦特：看生产区、展厅，王总带着参观，到展厅介绍产品情况

大成：王总好。

王总：宋总好，嫂子您好，咱去看看咱们的展厅？

大成：好的，咱们转转。

王总：宋总，有时间没过来了，给您介绍一下公司现在的情况。您知道咱们公司是做太阳能热水器，其实我们做的是一个很细分的领域，就是这种壁挂式的太阳能热水器和别墅上专用的这种分体式太阳能。随着咱们这两年的发展，咱们公司现在已经有 200 多名员工，去年产值已经达到一个多亿元了，并且在 2016 年的时候，咱公司也完成了新三板的挂牌上市工作。那么这套系统呢，它主要的特点就是一方面瓶胆集热器的耐冲击能力比较强，最关键的，我们水箱这个系统，它采用了我们最新的一套智能控制的设计，下午五点的时候，如果我们水箱的温度还没有达到我们所设置的温度的话，它的电加热会自动启动。

晓丽：怪不得人家都说豪瓦特太阳能不错呢。（晓丽的电话铃响起）

晓丽：喂，爸，你到哪里了？哦，好的爸，我和大成马上去接您。王总稍微等一下，大成，咱爸还有半小时左右就到车站，咱们赶紧去接吧。

大成：哎，好，你看咱要哪一款？

晓丽：就要这款吧。

王总：对，这款比较适合咱们别墅的应用，要这款你就放心吧嫂子。

大成：好，王总你安排个人去给我安上，这是我家地址。

王总：好的宋总，那我就不留您了。

晓丽：麻烦您了。

王总：好嘞，谢谢。

4. 在平三馆风景，枣乡街，楼宇群等（配曲）

5. 车站：接岳父

晓丽：爸。

晓丽爸：哎，丽丽。

晓丽：爸，坐车累不累啊？

晓丽爸：哎呀不累，不累，大成，这个电子孵化基地是干什么的呀？

大成：哦，爸，这是我一个朋友建的电子商务产业园，时间还赶趟，要不我带您去瞧瞧？

晓丽爸：行，咱们去看看，参观参观。

大成：爸上车吧。

晓丽：走，爸上车。

6. 电商产业园

大成：张总您好。

张总：宋总好。

大成：这是我岳父。

张总：大爷好。

晓丽爸：张总好。我上您这儿来是参观参观，学习学习。

张总：欢迎来电商产业园来参观指导。

晓丽：向张总学习！

张总：我们原来是从事家电经营的一家公司，2012 年因为家电经营仓储物流的需要，在这里建设了 5000 平方米的仓库，随着李克强总理“互

联网 +”战略思想的提出，我们领导班子审时度势，建立起了茌平县电子商务集聚区。

晓丽爸：不错不错，张总眼光就是独到啊，站得高，看得远啊。

大成：爸，现在咱们山东省正在大力实施新旧动能转换重大工程，刘家义书记专门召开全省电视电话会议做安排部署，张总这里是跨界融合化的典型啊！

晓丽爸：哎呀，真是好呀。

张总：也就是说在网上购买的京东的产品，无论是大家电还是小件商品，货都是从这里出去的，实现了以四新促四化，把省新旧功能转换重大工程落到实处，一是搭建起了电商孵化平台，二是搭建起了茌平县汽车配件产业垂直跨业电商平台，三是建立起了茌平县企业云服务平台，这是创业人士成就梦想的摇篮，是实现人生价值的所在，我们电商产业园期待着有志之士来这里创业兴业，实现梦想。

晓丽：张总您看也不早了，我们也该回去了。

晓丽爸：张总，我们过来这次真是长了见识了。这样吧，我们走了，谢谢您了。

张总：不客气，不客气。

大成：好，再见张总。

张总：再见。

7. 去公司途中：枣乡街、胡屯

作为海润公司的老总介绍公司情况，实验室、智能化、自动化、数字化、韩相俊智能设备等。

大成：爸，咱们是先转转呢还是先回办公室？

晓丽：你看，爸走了这么远的路，坐了这么长时间的车，咱们还是先回办公室吧。

晓丽爸：哎，还是先看看吧，转转。

大成：李经理，这是我爸。

李经理：老爷子您好。

晓丽爸：李经理好。

大成：让李经理带您看看厂子的情况。

晓丽爸：好。

李经理：我们实验主要是检测汽车中冷器的，这就是我们的实验对象，有中冷器、水箱、油冷器，各种材质，一般车上变速器常用的型号都包含在这里了。老爷子，这是我们公司的实验设备，我们有风洞实验台、冷热冲击设备、水箱的各种检测设备，我们都是完全按照国标来配置的设备。

大成：爸，通过我们公司这几年的奋斗，获得了省、市、县的各种荣誉。

晓丽爸：嗯，好。

大成：爸，您坐，小白小白，打开所有空调，爸，您抽烟。

晓丽爸：好，你坐。大成呀，这几年我没有来，你的企业和茌平的城乡面貌变化可是不小啊，哎呀，我很欣慰，晓丽跟着你我很放心。

大成：爸，关键是我们赶上了好时代啊，晓丽生活中也很贤惠。

晓丽爸：大成啊，我们去看看你爸妈吧！

晓丽：爸，您坐车坐的，不累啊？要不明天再去看吧？

晓丽爸：我不累，你看我身体好着呢！

大成：那行，爸咱走吧！

晓丽爸：走。

大成：小白小白，关闭空调。

8. 去千岛山庄，途经华晨机械、菜屯晒皮子厂、耿店村（配习总书记讲鲁西小寿光、棚二代），在车上交谈茌平民营经济发展情况，占全市 21.49% 私营企业户数，规模以上企业 335 家，个体工商户数，七个支柱产业税收情况

大成：爸，现在咱们茌平在县委县政府的正确领导下，各项工作那都是蒸蒸日上，而且是全国百强县，特别是去年获得了全国工业百强县，目前形成了以信发集团为龙头的八大支柱产业，一是有色金属加工产业，二是汽车零部件产业，三是人造板及深加工产业，四是聚氯乙烯产业，五是纺织服装产业，六是制药产业，七是农副食品产业，八是智慧物流产业。

晓丽爸：哦，是吗？哎呀，那还真是不错呀，你看我这次来到哪儿都是耳目一新的感觉。

晓丽：那是，爸，现在咱们茌平真是天蓝地绿山清水秀，一会儿路过咱们的金牛湖，那里风景可好了。

晓丽爸：是吗，那我得好好看看。

晓丽：好啊。

大成：最能说明咱们茌平发展的还得是税收和企业户数。

晓丽爸：说说看。

大成：咱们县民营经济对地方财政的贡献率超过了80%，2017年，全县民营经济税收完成33亿元，固定资产投入完成了240亿元，全县个体工商户和私营企业户数达到3.3万户，规模以上中小企业达到410户，并且咱们县财政每年都拿出专项资金让我们企业老板参加北大、清华、浙大、山大等的各项培训班学习提升。

晓丽爸：哦，我说大成这几年进步这么快，不过不要骄傲哟。

晓丽：那是那是。

大成：爸，我们茌平在实施乡村振兴战略过程中，还出了一位名人呢，他就是全国人大代表耿遵珠先生，他带领大家种大棚，发展可好了，耿店村被习近平总书记誉为鲁西小寿光，毕业大学生被习近平总书记誉为棚二代，还受到了习近平总书记的亲切接见呢。

晓丽：那是，那是，好了吧，咱们到了，下车吧。

大成：爸到了，咱们下车吧。

晓丽爸：大成，这是哪里？咱们怎么到这儿来了？

大成：爸，这里是颐养山庄。

晓丽：爸，我公公、婆婆搬来好几年了。

晓丽爸：这里太漂亮了，环境又好又卫生，你看现在瓷砖都能生产这么大块的了。

大成：爸，这不是瓷砖，这是我朋友尹红光茌平恒晟建材有限公司生产的铝单板，咱们信发集团不是要打造铝业航母吗，围绕着铝行业的下游产品可多了，像省内外很多著名建筑内外墙装修都是用我朋友公司生产的铝单板。

晓丽爸：我说呢，现在这科技也是太发达了。

晓丽：爸咱们走吧。

晓丽爸：走，进去吧。

晓丽：爸妈，我爸来看你们来了。爸妈，唉，怎么没有人啊？爸妈不在家我去找找去，爸你坐下歇会儿。

晓丽爸：行行行。

大成：爸，您坐，爸这里不错吧。

晓丽爸：嗯，很好。

大成：爸，您喝水。

晓丽：爸！

大成爸：晓丽你咋来了？

晓丽：爸，我爸呀，他来看你们来了。

（大成爸在下象棋，大成妈在跳广场舞。）

大成爸：你爸来了？

晓丽：嗯，哎，我妈呢？

大成爸：你妈在那边跳舞呢。

晓丽：那咱们去叫她去吧。

大成爸：咱一块去叫她去。哥几个你们玩吧，我亲家来了，我得回去了。老伴，老伴。

大成妈：哦，晓丽也来了。

晓丽：嗯。

大成爸：咱亲家来了，咱赶紧回去吧。

晓丽：妈，我爸来看你们来了。

大成妈：那咱赶紧回去吧，走。

大成爸妈：亲家来了，一路辛苦了，赶紧坐。

晓丽爸：亲家好，亲家母好，一看气色不错嘛！

大成妈：晓丽她妈挺好吧？她咋没来啊？

晓丽爸：这不国家政策好，允许生二胎了，晓丽她弟媳又添了个大胖小子，看孙子呢。

晓丽：妈，这几天忙，忘告诉您了，我弟又添了个儿子呢！

晓丽爸：亲家母啊，你的腰腿疼病现在好了没有啊？

大成妈：好了，晓丽给我买了花红药业的小黑膏，一天一贴，贴了还不到二十天就好了。

晓丽：不错啊，妈，我说你怎么能去跳广场舞了呢。

大成妈：再加上这按摩床，效果可好了。

晓丽爸：按摩床？咱看看。

大成妈：看看吧，走，来吧，就是这样的小黑膏，不贵，才九块九，效果可好了，看这按摩床，可舒服了。

大成：妈，这不是普通的床吗？

大成爸：这可不是普通的床，不仅能按摩，还能听歌、听戏，功能可多了。

大成妈：这不一边一个调控器。

大成爸妈：就是这个牌子的。

晓丽爸：高舒家具，真不错。

大成爸：也给你爸买一套发过去。

大成：好的爸，您放心吧，明天我就去办这事。

晓丽：大成、爸、妈，咱光唠了，时间也不早了，咱们赶紧去吃饭吧。

大成爸：您想吃啥呀？

晓丽爸：吃啥都行，啥都行。

大成爸：俗话说得好，好吃不如饺子，站着不如倒着，咱们去大家都常去的李健饺子城吃饺子吧！

晓丽爸：吃饺子，行，咱去吃饺子去。

晓丽：那好，爸妈，咱们走吧，妈走。

服务员：欢迎光临李健饺子城。

晓丽爸：唉，小伙子你这标志代表什么意思啊？

服务员：这个标志不是我们家的，听老板说是咱茌平的唐装制衣公司生产的。

晓丽爸：哦不错。

晓丽：爸，你别跟人家服务员白话了，赶紧，咱们吃饭了。

晓丽爸：好，走！

大成：服务员。

服务员：您好。

大成：点菜，服务员把我们店的特色菜、主食水饺介绍一下。

服务员：好，首先给您介绍一下我们的招牌手撕鸡，它肉质鲜美，再一个就是介绍我们的主食，黄瓜鸡蛋虾仁水饺。

大成：爸，你先点，来。

晓丽爸：你看着点吧，都行。

大成：妈。

大成妈：好嘞。手撕鸡一份，还有特色饺子一份。

晓丽：然后再选这个一份，妈，这个行吗？

大成妈：行行，这个一份。

晓丽爸：咱们吃不了这么多菜。

晓丽：好的好的，这个全家福，好，先这样吧。

服务员：好嘞。

大成爸：来亲家，今天您一路劳顿辛苦了，咱老哥俩喝口，解解乏。

晓丽爸：亲家我平时就不喝酒，今天就别倒了吧？

大成爸：今天不是高兴吗，这可是咱们这里的好酒啊，醉一斗的九粮芝麻香，想当年乾隆爷就曾为此酒赋诗一首：杏花村外青帘有，卖得茌山丁块酒。李白狂歌楼上眠，想复此间醉一斗。

晓丽爸：那，这么好的酒？那倒一点尝尝。

大成爸：好，大成把酒倒上。

大成：好嘞，爸我给您少倒点。

服务员：打扰一下上一下菜，这是特色水饺，黄瓜鸡蛋虾仁水饺，招牌手撕鸡。

大成：好，谢谢。

服务员：请慢用。

大成爸：亲家饺子上来了，尝尝。

晓丽爸：来来，尝尝，嗯，呀，李健饺子的工艺就是不一样，就是好吃。

晓丽：那是，爸，纵来茌平千百遍，不吃李健饺子也枉然。

晓丽爸：来到茌平就吃李健饺子。

大成爸：为亲家的到来干杯！

大成：来，爸、妈、媳妇，为我们生活在这样的好时代，为茌平的大发展干杯！

晓丽爸：来，为亲家、亲家母的健康，为我家姑娘找了个好的女婿干杯。

晓丽：来咱们一起干杯。

大成爸、大成妈、大成、晓丽、晓丽爸：1，2，3，干杯！

附：

关于在全市开展“中国梦·新时代”百姓宣讲活动的通知

各县(市区)委宣传部，市属开发区党工委宣传办，市直各部门、单位：

为持续推动习近平新时代中国特色社会主义思想和党的十九大精神宣传教育深入人心，进一步增强广大干部群众对习近平新时代中国特色社会主义思想的政治认同、思想认同、情感认同，根据省委宣传部《关于在全省开展“中国梦·新时代”百姓宣讲活动的通知》（鲁宣办发〔2018〕16号）要求，经研究，决定在全市开展以“中国梦·新时代”为主题的百姓宣讲活动。有关事项通知如下。

一、指导思想

坚持以习近平新时代中国特色社会主义思想为指导，深入学习宣传贯彻党的十九大和十九届一中、二中、三中全会精神，突出“中国梦·新时代”这一主题，通过组织百姓宣讲，引导广大干部群众进一步增强对习近平新时代中国特色社会主义思想和习近平总书记的政治认同、思想认同的自觉性，牢固树立“四个意识”，坚定“四个自信”，以饱满的精神状态积极投身到决胜全面建成小康社会的生动实践中，为实现中华民族伟大复兴的中国梦做出新的贡献。

二、宣讲内容

紧紧围绕“中国梦·新时代”主题，着眼于增强广大干部群众对习近平新时代中国特色社会主义思想的政治认同、思想认同、情感认同，生动讲述改革开放40多年来特别是进入新时代以来经济社会的发展成就、人民群众的生活改变，以及基层干部群众的获得感、幸福感、自豪感；讲述在党的领导下人民群众奋进新时代的激情、踏上新征程的干劲、实现新使命的期待；讲述全市上下坚决贯彻中央各项决策部署，抢抓新旧动能转换和乡村振兴战略重大历史机遇，撸起袖子加油干的时代风貌，集中展现广大干部群众新时代的新气象、新作为。

三、宣讲形式

1. 故事类。通过典型、生动、感人的情节，通俗易懂的语言，讲故事，说理论。

2. 曲艺类。通过说唱、地方戏曲、相声、快板等群众喜闻乐见、易于接受的表现形式，拉事理、亮观点。

3. 视频类。通过自编、自导、自演方式，以情景再现形式拍摄微视频短片，摆事实、讲道理。

四、选题原则

1. 主题鲜明，内容真实。紧扣主题，讲述亲历、亲闻、亲为的鲜活生动故事，充分体现党和国家事业取得的历史性成就、发生的历史性变革，人民群众满满的获得感幸福感，弘扬主旋律、提振精气神、凝聚正能量，切实增强百姓宣讲的思想内涵、价值导向。

2. 故事典型，语言朴实。通过典型事例、代表性故事，用朴实的语言、真挚的感情，展现基层党组织和广大党员干部群众干事创业、甘于奉献、昂扬向上、奋发有为的精神状态。

3. 针对性强，效果突出。注重宣讲的对象化分众化互动式，坚持问题导向、回应群众关切，讲出理论深度、讲出思想温度，讲出百姓情感、讲出群众心声，做到以事明理、情理交融，形成思想共鸣、情感共鸣。

五、活动要求

1. 高度重视，加强领导。“中国梦・新时代”百姓宣讲活动是深入学习贯彻习近平新时代中国特色社会主义思想和党的十九大、十九届一中二中三中全会精神的重要举措和创新手段，是一项严肃的政治任务，各部门单位要高度重视，加强组织领导，统筹安排，抓好落实，为活动顺利开展提供组织保证。

2. 广泛动员，精心组织。要广泛动员社会各界党员群众参与百姓宣讲活动。要明确专人负责，做好宣讲人推荐、宣讲题材设计、宣讲文稿撰写、宣讲人员培训和宣讲活动开展等各个环节工作。故事类、曲艺类时间控制在 8 分钟以内，视频类控制在 15 分钟以内。曲艺类宣讲原则上不超过 2 人。

3. 集中报道，扩大影响。活动启动后，各地要结合自身特点和实际，主动加强与各类媒体联系，通过报纸、广播、电视、电台、网站等舆论平台，集中报道活动进展情况及社会各界的反响，不断扩大活动的吸引力、影响力和凝聚力。

六、时间安排

活动自 2018 年 4 月上旬启动，至 9 月底结束，共分三个阶段进行。

第一阶段（4 月上旬至 6 月下旬）：

各县（市区）委宣传部、市属开发区党工委宣传办、市直各部门单位制定具体工作方案，按照活动要求，确定选题、挖掘题材、撰写稿件、培训人员，认真组织宣讲比赛，并组织优秀百姓宣讲员在当地开展宣讲活动。6 月 30 日前，各县（市区）委宣传部、市属开发区党工委宣传办、市直各部门单位推荐故事类百姓宣讲员 3 名，曲艺类、视频类百姓宣讲员各 1 名（附带推荐表、宣讲文字稿和电子版、视频电子版）报“中国梦·新时代”百姓宣讲活动办公室。

第二阶段（7 月份）：

市委宣传部、市委讲师团组织专家对各地上报的宣讲员进行初选、培训；组织全市“中国梦·新时代”百姓宣讲比赛，评选出一、二、三等奖，并综合各县（市区）、部门单位组织比赛的情况、选报选手的质量和数量评选优秀组织工作奖；组成聊城市“中国梦·新时代”百姓宣讲团赴各县（市区）、市属开发区和市直部门单位进行巡回宣讲。

第三阶段（8月上旬至9月下旬）：

8月，推荐我市优秀百姓宣讲员参加省委宣传部、省委讲师团举办的山东省“中国梦·新时代”百姓宣讲比赛。9月，山东省百姓宣讲团，赴各市地、各有关部门单位巡回宣讲。

全市“中国梦·新时代”百姓宣讲活动办公室设在市委讲师团（联系人：周燕燕，电子邮箱：jstlcxc@163.com，联系电话：6980917、15966289208），负责宣讲活动的具体组织实施工作。

中共聊城市委宣传部

2018年4月9日

关于聊城市“中国梦·新时代”百姓宣讲比赛获奖情况的通报

各县（市区）委宣传部，市属开发区党工委宣传办，市直各部门、单位：

为持续推动习近平新时代中国特色社会主义思想和党的十九大精神宣传教育深入人心，进一步增强广大干部群众对习近平新时代中国特色社会主义思想的政治认同、思想认同、情感认同，从今年4月起，市委宣传部、市委讲师团组织开展了以“中国梦·新时代”为主题的百姓宣讲活动。活动开展以来，全市各级各部门高度重视，广泛动员，精心组织，取得了良好的社会反响。7月31日至8月1日，举办了聊城市“中国梦·新时代”百姓宣讲比赛。经评委评议，在故事类、曲艺类、视频类共71个参赛作品中，评选出一等奖5个，二等奖6个，三等奖9个，优秀奖51个；评选出优秀组织工作奖19个，现予以通报（详见附件）。

希望受表彰的单位和同志，珍惜荣誉，再接再厉，更加积极主动地投身到“中国梦·新时代”百姓宣讲活动中去，宣讲好在党的领导下人民群众奋进新时代的激情、踏上新征程的干劲、实现新使命的期待和新时代的新气象、新作为，不忘初心、牢记使命，以良好的精神风貌继续发挥基层宣讲中的示范引领作用，为决胜全面建成小康社会，实现中华民族伟大复兴的中国梦作出新的贡献。

中共聊城市委宣传部

2018年8月10日

聊城市“中国梦·新时代”百姓宣讲比赛获奖名单

优秀组织工作奖（19个）

中共聊城市东昌府区委宣传部

中共临清市委宣传部

中共冠县县委宣传部

中共莘县县委宣传部

中共阳谷县委宣传部

中共东阿县委宣传部

中共茌平县委宣传部

中共高唐县委宣传部

聊城经济技术开发区宣传办

聊城高新技术产业开发区宣传办

聊城江北水城旅游度假区文明办

聊城市司法局

聊城市工商行政管理局

聊城市政务服务中心

孔繁森同志纪念馆

聊城市技师学院

聊城市疾病预防控制中心

聊城市第四人民医院

华能聊城热电有限公司

一等奖（5个）

故事类

郭怡然	聊城市第二人民医院
闫玉波	临清市八岔路镇路庄小学
念以新	聊城市东昌府区检察院

曲艺类

刘方平	临清市金郝庄第二中学

视频类

《身边的榜样》	莘县广播电视中心

二等奖（6个）

故事类

黄怀琴	聊城经济技术开发区广平乡
孟　晶	聊城市疾病预防控制中心
商　磊	华能聊城热电有限公司
姜　雯	聊城市第四人民医院

曲艺类

耿登朝、徐庆昌	中国农业银行莘县支行、莘县住建局

视频类

《第一书记扶贫记》	聊城市工商行政管理局

三等奖（9 个）

故事类

王之荣　　聊城高新技术产业开发区综合行政执法局
杨劲松　　聊城高新技术产业开发区宣传办
李　亚　　聊城市技师学院
董　曌　　高唐县杨屯镇政府
耿遵珠　　茌平县贾寨镇耿店村
孙若楠　　茌平县洪官屯镇中学

曲艺类

李贵才等　　冠县农业局
叶泗常　　聊城高新技术产业开发区韩集乡尹庄村

视频类

《有事找老黄》　　聊城经济技术开发区宣传办

优秀奖（51 个）

故事类

韩晓辉　　聊城市东昌府区中医院
张金霞　　莘县第一中学
刘保中　　聊城市技师学院
孙乐文　　聊城市东昌府区道口铺仙庄村
李赛南　　临清市博物馆
邱　琦　　高唐县三十里铺镇宣传办公室

祁媛媛　　聊城市政务服务中心
郑芳馨　　冠县民政局
刘蒙蒙　　东阿县广播电视台
赵　明　　聊城江北水城旅游度假区文明办
许　岩　　聊城经济技术开发区东城小学
王　伟　　国家税务总局冠县税务局
王　云　　茌平县振兴街道
王亚莉　　中共阳谷县委党校
杜　娟　　国网冠县供电公司
闫文静　　中共阳谷县委党校
齐风锐　　中共莘县县委组织部
潘腾腾　　冠县住房和城乡建设局
杨童谣　　聊城经济技术开发区广平乡
王江莘　　聊城市疾病控制预防中心
刘世琳　　高唐县汇鑫街道办事处
张艳华　　聊城市技师学院
于　欢　　冠县冠星小学
林梦楠　　聊城江北水城旅游度假区文明办
周敬霞　　阳谷县第二实验中学
孙高菁　　聊城市政务服务中心
张建忠　　莘县古云镇中心初级中学
高　稳　　聊城市工商行政管理局
刘琳萍　　孔繁森同志纪念馆
朱雯雯　　东阿县实验中学
黄　珂　　聊城市第四人民医院
李　楠　　聊城高新技术产业开发区许营镇付老庄幼儿园
刘爱霞　　莘县妇工委

赵婷婷　　　东阿县刘集镇关山小学
贾慧慧　　　莘县人民医院
田晓雨　　　聊城市政务服务中心
苏诗瑶　　　孔繁森同志纪念馆
郝剑凯　　　华能聊城热电有限公司
朱　灿　　　孔繁森同志纪念馆
辛　鹏　　　莘县朝城镇人民政府
高华楠　　　孔繁森同志纪念馆

曲艺类

把增武　　　茌平县京剧团
王金江等　　高唐县文广新局
岳　慧、姜　晨　　茌平县自来水公司
齐　昕　　　　　　聊城市技师学院
袁利峰　　　　　　阳谷县戏曲协会

视频类

《解忧人》　　　　聊城市司法局
《铁血柔情》　　　聊城经济技术开发区宣传办
《阳谷赞》　　　　阳谷县戏曲协会曲艺艺术中心
《供热历程四十年》　茌平县市政公用事业管理局
《干杯》　　　　　茌平县中小企业局